我要到达的
地方

[德]本诺·普卢德拉—著 [德]汉斯·巴尔策—绘 风雷—译

中信出版集团|北京

图书在版编目（CIP）数据

我要到达的地方 /（德）本诺·普卢德拉著；（德）汉斯·巴尔策绘；风雷译. -- 北京：中信出版社，2024.9
书名原文：DIE REISE NACH SUNDEVIT
ISBN 978-7-5217-6537-3

Ⅰ.①我… Ⅱ.①本…②汉…③风… Ⅲ.①儿童故事－图画故事－德国－现代 Ⅳ.① I516.85

中国国家版本馆 CIP 数据核字 (2024) 第 085034 号

Die Reise Nach Sundevit
Text by Benno Pludra
Illustration by Hans Baltzer
© 2004 Beltz | Der KinderbuchVerlag in the publishing group Beltz -Weinheim Basel
Simplified Chinese translation copyright © 2024 by CITIC Press Corporation
ALL RIGHTS RESERVED

本书仅限中国大陆地区发行销售

我要到达的地方

著　　者：[德]本诺·普卢德拉
绘　　者：[德]汉斯·巴尔策
译　　者：风雷
出版发行：中信出版集团股份有限公司
　　　　　（北京市朝阳区东三环北路 27 号嘉铭中心　邮编　100020）
承　印　者：北京尚唐印刷包装有限公司

开　　本：880mm×1230mm　1/32　　印　　张：4.75　　字　　数：100 千字
版　　次：2024 年 9 月第 1 版　　　　印　　次：2024 年 9 月第 1 次印刷
京权图字：01-2024-1793
书　　号：ISBN 978-7-5217-6537-3
定　　价：35.00 元

版权所有·侵权必究
如有印刷、装订问题，本公司负责调换。
服务热线：400-600-8099
投稿邮箱：author@citicpub.com

关于希望和善意这件事

陈赛 / 三联《少年新知》执行主编

这个故事首先触动我们的，是提姆·塔莫尔的执着。从他在海边遇到那几个搭帐篷的男孩开始，他的整颗心就被松德维特占据了。他对松德维特的执着，让我们想到《冰川时代》里那只松鼠追逐橡果，或者水管工马力欧拯救碧桃公主。至于松德维特到底是一个什么样的地方，去了那里到底可以做什么，他似乎从来没想过。

执着是一种非常强烈的情感，一个人大概也只有在年少时，才会有这样绝不放手的信念和能量。成年之后，我们会渐渐觉得这个世界上值得我们执着的东西并不多。一条路走起来太难，就换一条路；感情有了波折，就换一个人；梦想看着太遥远，不如放弃。没有什么是独一无二、不可替代的，所以放弃是成熟、理智的决定，而执着则多少带着点幼稚和冲动。

对于去松德维特，提姆为什么这么执着呢？

一个解释是因为孤独。他是灯塔守护人的儿子，他深爱大海、灯塔和海鸥，但对一个八岁的小男孩来说，只有大海、灯塔和海鸥的日子未免太孤寂了。所以当他看到那些搭帐篷的孩子时，他才会生出如此强烈的渴望，想要跟他们一起去松德维特。重要的不是松德维特，而是加入那个团体。

孩子的世界是有等级的，大孩子通常不和小孩子一起玩，嫌他们幼稚、麻烦。但提姆遇到的是一群友善的大孩子。虽然他的年龄最小，但并没有遭到轻视。一方面因为他是本地人，对周遭的情况更熟悉；另一方面，则因为他是灯塔守护人的儿子，是在海浪和风暴中长大的孩子。

事情本来很顺利。提姆迅速得到了团队的接纳，也得到了父母的许可。他的松德维特之行眼看就要成行了。但一个小小的转折出现了。塔莫尔先生，也就是提姆的爸爸，在自己的口袋里发现了海因里希·布莱登的眼镜。

提姆主动提出来先骑车把布莱登先生的眼镜送回去，再回来跟那群孩子会合。因为布莱登先生没有眼镜怎么行？接下来的故事情节，很像一则现实主义童话。善良的主人公为了帮助别人，错过了自己的目标，然后那些曾经受过他帮助的人，纷纷反过来帮助他实现目标。善有善报，恶有恶报，这是童话最朴素的价值观。

怎么理解"善意"这个东西？

要理解提姆的善意，我们首先要理解松德维特对他意味着什么。那是他孤寂平淡的生活里突然冒出来的奇遇，代表着未知、友谊和无边的快乐。但他可以暂时搁置松德维特，而去帮助布莱登先生送眼镜,帮克吕格先生送螺栓,又帮素不相识的老太太为她的孙子送茶水。其间提姆当然有过后悔、气恼甚至逃避的念头,但他似乎被一种略带稚气又沉甸甸的责任感牵扯着,他的心不允许他不顾而去。在今天,也许有人会给他的行为贴上"讨好型人格"的标签,那是因为他们不能理解什么是纯粹的善意。

同样,为了理解成年人的善意,我们也必须理解他们的生活境况是什么样的。这个海边小镇可不是什么悠闲的度假胜地,事实上,提姆遇到的每一个成年人都很忙,要靠艰苦的劳作讨生活。一个孩子放下自己最想做的事情去帮助别人不容易,但一个成年人放下自己的现实,去为一个孩子的失望打抱不平,又何尝是易事?唯一无所事事的,是克吕格先生的儿子卡利,他很快就满十八岁了,喜欢跳舞,喜欢倒腾摩托车,是介于孩子与成人之间的人。所以,最终是他承担起了把提姆送到渡轮站的任务。

在后半段帮助提姆的成年人中,还有一个人很值得一提。就在提姆急驰回家的路上,因为过于着急,他的自行车摔坏了。当他扛着沉重的自行车,一步一步坚定地向着他那渺茫的希望走去时,驾着马车的老农夫特奥·布罗姆出现了。

对老农夫来说,提姆的事本来无关紧要。他顺路带上这个小孩,也只是出于一点点无关紧要的善意而已。这个小孩着急的样子让他觉得有点好笑,还可以倚老卖老地说教几句人生经验。

在马车慢吞吞前行的路上,提姆与老农夫提到了松德维特。老农夫告诉他,很多很多年前,当他比提姆还小的时候,他去过松德维特，还记得那里的一个旋转木马。对他来说，那显然也是他的人生里一段罕见的快乐时光，所以他透过尘封的记忆，还那么清晰地记得旋转木马上的白天鹅和红色车厢。这是一段非常有趣的并置。假设这个世界的运转规律不变，而时间自由地后退和前进，我们可以同时看到半个多世纪前的布罗姆和半个多世纪后的提姆坐在一辆马车上。接下来，老农夫突然改变了态度，开始快马加鞭地赶路。是因为他看到了提姆擦破的膝盖，还是那段童年往事突然让他对提姆的愿望有了尊重？

世界就这么变了，布罗姆心想，松德维特啊，松德维特——我什么时候也曾像旁边这个小不点那么小来着。

尽管这样感慨着，老农夫并没有像童话中的仙女教母一样把小提姆送回家，而是把他放在了岔路口，让他自己走回去，因为老农夫有自己的事情要做。但他愿意帮忙把提姆那辆坏掉的自行车送去修车厂。这里作者要说的是，一个陌生人能够给予的善意也许不多，但恰到好处的善意累积起来，还是会产生巨大的能量，至少能圆一个孩子小小的心愿。

提姆这段小小的冒险之旅一波三折、意外迭起。我们跟随他的脚步，情绪犹如过山车一般。从雀跃、狂喜，到急切、失望；从重燃希望、喜出望外，再到愤怒、颓丧、心灰意冷……好几次，故事看上去已经走入绝境，一切努力似乎都白费了，但提姆始终没有放弃过希望。正如他自己说的，无论希望多渺茫，它总还是存在的。哪怕他在卡利的帮助下终于到了轮渡村，却找不到那些孩子，独自在街头茫然无措时，一个香肠面包就将他的孤寂一扫而空。"世界转眼就变了样，不再那么黯淡凄凉"。

故事写到这里，最后的结局其实已经不重要了，因为成长意味着提姆敢于独自面对世界了。这里的结局可以有两种可能。我觉得更具有现实主义意味的，是提姆没有找到那些孩子，他的旅行最终泡了汤。就像收留他的水兵亨利告诉他的，那些大孩子过渡河，就自顾自继续赶路了，根本没有等他，连一秒钟都没有等。这更接近人生的真相：成长就是离开家，去一个陌生的地方冒险，当你回来的时候，你不再是原来的自己，而原来的目标也已经不重要。小提姆会发现，世界有时候是令人失望的，但没关系，因为他已经不需要加入那些大孩子了。事实上，作者给了我们一个童话式的结局：在轮渡村码头，当提姆的最后一线希望破灭，所有的喜悦和期待都消失得无影无踪时，他转头看到赫尔曼就站在他的身后。因为陌生人的善意，一个孩子在成长的过程中保全了纯净的天真和不灭的希望。他的执着并没有白费。

目录

1
来自灯塔的男孩

001

2
提姆和他的钻石牌自行车

027

3
糟了！十二点差五分！

046

4
你要去北边吗？

061

5
夹在树枝上的纸条
071

6
去赶最后一班渡轮
082

7
更大的打击和最后的希望
100

8
我要到达的地方
115

·1·
来自灯塔的男孩

在米奥特灯塔的脚下,远离其他村庄与城镇,有一座屋顶上铺着芦苇的优雅的老房子,那里住着提姆·塔莫尔。这个八岁的小男孩常常孤零零地一个人待着,尤其是现在这种放暑假的时候。

有一天,提姆一大早就朝沙滩跑了过去,他在那儿发现了五顶帐篷——两顶灰色的、三顶绿色的,绷得紧紧的帆布顶上沾满了夜晚的露水。帐篷被搭在石楠荒原上,它们静静地矗立在高高的沙丘后面,像沉睡的小鸡似的挤成一团。

位置最高的那顶帐篷前,一根旗杆笔直地插在沙子里。蓝色的小旗子迎风飘舞,急促的抖动声传进提姆的耳中,在

海浪的咆哮声下显得是那么渺小与陌生。

旗子和帐篷像被遗弃了一般,没人看守,四周也瞧不见一个人影。旗杆旁的地上倒扣着一口黑锅,拉着帐篷的绳子上挂着花花绿绿的泳裤和几件女式泳衣。

提姆心想,看来其中也有女孩子,却没人放哨。这帮人睡到大天亮还不醒,而所有的东西就这么摊着,连个站岗的人都没有。真该偷走他们的旗子,给他们一个教训!

提姆四下张望,结果吓了一跳。在他身后十步开外的地方站着一个男孩,他一声不响地站在那儿,专注地望着这边。男孩见提姆发现了自己,于是就朝他走了过来,提姆一动不动,听任他走近。

男孩长得又高又瘦,乌黑的头发垂在额前。他个子比提姆高,年纪也比提姆大,十一二岁左右。他在提姆跟前停住脚步说:"嗨!"

提姆也回应他道:"嗨!"男孩笑了起来,他把提姆从头到脚打量了一番,然后问:"你有什么事吗?"

"有,"提姆答道,"偷小旗子。"

"哦?"男孩继续笑着说,"就凭你?"

"你们什么时候来的呀?"提姆问,"我住在那边。我爸爸是管灯塔的。"

"灯塔守护人?"男孩惊讶地扬起头,两人一齐朝南边

平缓的丘陵顶部望去,灯塔就矗立在那儿。它又高又大,灰色的塔身上有一道红色的圆环,塔顶好似戴着一顶白色的帽子。

"到最顶端一共有一百一十三级台阶。"提姆说。

"你每次都跟着上去吗?"

"有时候去。去多了就无聊了。"

"上面的风光一定很好吧。"男孩说。

"嗯,是不错。"提姆在干枯的草丛中坐了下来,"风光确实挺好的,用望远镜能看很远。"他接着问道,"你们要在这儿待多久?"

"这儿?我们现在待的地方?不会太久,大概就到中午吧。"

我要到达的地方

"噢——"提姆一边说一边用手摩挲着草丛,他突然有点伤感。他挺喜欢这个长着乌黑头发的男孩,而那些帐篷里起码还有二十几个人。他原以为可以和他们一起度过一段愉快的时光,在海边,在灯塔脚下,在这个对提姆来说日子既漫长又孤寂的地方。可是现在,他高兴得太早了。到了中午这儿就没有帐篷了。

"你们为什么这么急着走呢?"提姆问。

"我们还有好多事儿呢!"男孩答道,"我们今天得赶上过河的渡轮。明天一大早我们的船就要开了,去松德维特。"

"松德维特,"提姆说,他的声音很轻,仿佛带着一丝敬畏之情,"松德维特很远呢,去那里你们一定很开心吧!"

提姆长着个圆圆的脑袋、笔挺的小鼻子和灰色的大眼睛。他低着头看着地面,坐在那儿越琢磨越难过,也越发羡慕男孩和其他所有还在小帐篷里熟睡的人。

"像你这样的生活,"男孩说,"我也想经历一次。就像鲁宾孙那样,自己搭个茅屋,烤鱼,吃海贝。"

"嗯,"提姆说,"这些事你都可以在这儿做。"

"还得有个木筏,对吧?"

"还是小船好一点吧,"提姆答道,"木筏在大海上能管什么用?"

二人沉默了一阵子,然后男孩问:"你一直都住在这儿吗？全年都待在这里？"

提姆点了点头。

"学校呢？"

"在特兰坪，"提姆说，"离这儿九公里，并不算远。就是假期里没什么人。大家住的地方都离得挺远的！"

男孩若有所思地看着提姆说："总是一个人待着，挺无聊的吧？不能去徒步露营吗？"

"可以啊！"提姆答道，"不过我还不到年龄，要十岁才行。"

"哦，原来如此！"男孩又笑了起来，"那你真不走运。还得再长大一点。"

提姆没有答话。

两人就这么默默无语地并排坐在那儿，聆听着海浪的拍打声。枯草在风中刷刷地摆动着，太阳已经高高地挂在天上，释放着温暖的光芒，似乎特意想让这一天变得更美好一些。

提姆心中充满了渴望。他不喜欢一个人待着，尤其在这么漫长的假期里，度过一周又一周的空闲时光。他爱爸爸妈妈，也爱大海、灯塔和海鸥，他深爱着身边的一切，唯独不爱孤零零地一个人待着。

"对了，你叫什么名字？"他问男孩，"我叫提姆。"

"我叫赫尔曼。"

两人握了握手,提姆立刻觉得快活了一点。他一时忘却了自己的忧伤,忘却了到了中午他又将是独自一人。

赫尔曼站起身说:"我得去叫醒他们了。你想一块儿去吗?"

他俩走到帐篷前,挨个解开绳子,掀开塑料帘。赫尔曼朝每顶帐篷里面大喊道:"起床啦!起床啦!快爬起来喽!"

帐篷里光线昏暗,却相当暖和,提姆觉得它们看上去很

舒适。每个帐篷里都铺着温暖而干燥的充气床垫，上面躺着四五个人。他们慢慢地醒过来，伸伸懒腰，抓抓脑袋，迷迷糊糊地眨眨眼睛。有几个人一动不动地躺在那儿，似乎还没搞明白自己身处何方。从门前插着小旗子的那顶帐篷里爬出一个运动员模样的人，另有五个女孩子从晾着泳衣的帐篷里走了出来。他们睡眼惺忪地看了看天。那个运动员模样的人大约有一米八高，古铜色的肌肤，一头金色的短发。

"那是阿迪，"赫尔曼对提姆说，"我们的领队。他高二

了,是体育达人、数学学霸。你觉得他怎么样?厉害吧?我觉得他很厉害!"

提姆看着阿迪套上运动衣,看着他光滑的皮肤和健壮的肌肉,已经对阿迪崇拜得五体投地。他对赫尔曼说:"我也觉得他很厉害!"

这时,所有的男孩女孩都集合在帐篷前了,总共十八个人。看到太阳,大家的心情都很好,不断有人大声地呼喊:"早!哇,快看看这天,多蓝哪!"

提姆一声不吭地站在一边。他不自觉地笑了笑,直到意识到所有人都在好奇地盯着他瞧。一个女孩问:"他看上去跟真的一样。他是这儿的人吗?"

话音刚落,周围的人全都大笑起来。提姆的脸不禁红了,不过因为他的皮肤也是古铜色的,甚至比阿迪的颜色还要深,所以没人看出来。就这么过了好一阵子。提姆尴尬地扭了扭脖子。他上身穿着一件厚实柔软的粗针毛衣,下身是一条蓝色的紧身亚麻裤,裤腿一直卷到小腿肚,光着脚丫子没穿鞋。

"你们的眼神活像进了游乐园似的,"赫尔曼说道,"这是来自灯塔的提姆。"

"灯塔!哇哦!"

现在大家可真的好奇了,他们紧紧地围着提姆,如同几百只麻雀一般,七嘴八舌地向提姆提出脑瓜里蹦出来的各种问题。

"你住在灯塔的哪里呀?上面还是下面?"

"其他人能上去吗?"

"冬天呢?你冬天都是怎么过的?"

"灯塔能照得很远吗?"

"灯光如果熄灭了呢?"

"灯塔守护人都有白胡子吗?他们真的都能活到上百岁吗?"

阿迪站在这群孩子的后面,朝提姆挤了挤眼睛,但提姆却正儿八经地回答说:"我爸爸没有胡子,灯塔也不会熄灭,冬天我就多穿点。还有什么问题?"

"如果起风暴了呢?会发生什么呢?"

"什么都可能发生,"提姆答道,"比如,船会搁浅。"

"搁浅是什么意思?"有两个男孩异口同声地问。

"就是船底碰到水浅处不能继续行进。运气好的话,船上的人可以下船,身上也不会湿掉。但是也有可能得下水游泳,不过这其实也没什么用,离岸边太远的话,船上的人最终只会被淹死。"

一个满头金色卷发的女孩子惊恐地用手捂住了嘴。所有人都沉默地看着提姆。

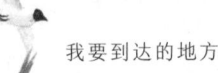

其中几个人在心里思量着能不能相信提姆说的话,但大多数人都很佩服提姆,因为他是在海浪和风暴中长大的。

赫尔曼突然打破了沉寂。"我们不能带上他吗?我是说提姆,我们其实可以带着他一起上路。"

提姆一开始以为自己听错了,可是赫尔曼平静而愉快地看着他。由于所有人都疑惑地一言不发,于是赫尔曼继续说道:"这里就提姆一个小孩,他挺想去徒步旅行的,就跟我们一样。对不,提姆?你想去的吧?"

提姆一边朝四周的人一个个看过去,一边使劲地点了点头。

"瞧,我说的没错吧!"赫尔曼说,"我们完全可以带上他。有什么不行的呢?"

他朝阿迪看去,其他人也都看着阿迪,包括提姆。

他们为什么不能带上他呢?

但是对阿迪来说,这件事可没那么容易。他想到他要担负的责任。提姆是个陌生的孩子,阿迪认识他还不到五分钟,对他一点儿都不了解,只知道他孤单地住在这里。难道仅凭这点信息就足够让他们带上他吗?

阿迪看着四周等待的面孔。他本可以这么回答:"同学们,咱们要遵守规定,我也想带上提姆,可是规定……"这当然会是最简单的回答,但是最简单的回答并不总是最好的回答。

我要到达的地方

　　提姆、赫尔曼以及其他所有人都目不转睛地盯着阿迪，气氛一时僵住了。提姆心中刚刚升起的希望又慢慢破灭了。他把目光从阿迪身上移开，心想自己又高兴得太早了。

　　赫尔曼开口问道："到底行不行，阿迪？"

　　另一个被大家叫作海狸的男孩说道："带上他的话，我们就有一个对这里了如指掌的向导了。"

　　那个一头金色卷发的女孩也说："阿迪，你要是觉得他年纪小，我们会照顾他的。"

　　这话提姆可不爱听。他刚想反驳，阿迪却开口了："你们把这事想得太简单了，以为带上提姆就完事了？我还从来没听说过别的地方发生过类似的事情。不过就目前的情况来看，我们或许可以考虑一下……"

　　阿迪不得不中断他的话语，因为所有人像在看比赛一样兴奋地大叫起来，好几只手伸出来拉提姆，仿佛他理所当然得同时在五顶帐篷里睡觉一样。

阿迪提高声音喊道:"安静!"等大家都平静下来,他上上下下地打量了提姆许久,歪着脑袋说:"个头确实有点小,你们不觉得他还是个小孩子吗?"

"那是因为你太高大了,阿迪。"赫尔曼答道。

"那他父母的许可呢?"

"我们可以现在就去征求他父母的同意。"赫尔曼说。

"看来,"阿迪大声说道,"我们是要增加一个同伴了。你愿意加入我们吗,提姆?"

此时此刻,所有的眼睛都期待地注视着提姆,好像每个人都特意为他做了什么好事,现在迫不及待地想要跟他一起分享喜悦似的。谁也没有说话,大家的耳边只有风声、海浪的拍打声和蓝色小旗子呼啦啦的飘动声。

提姆想开口说话,可是快乐卡在他的喉咙里,膨胀得越来越大,压得他一个字也说不出来。幸福的泪水猛地溢满他的眼睛。

他用尽力气喊道:"我这就去问爸爸妈妈,我会尽快给你们消息的!"然后他撒腿就跑——穿过石楠荒原的草丛与沙丘,越过平缓的山坡,一路朝家跑去……

提姆的爸爸塔莫尔先生刚刚走出灯塔,就看见儿子朝自

己跑来。

塔莫尔先生穿着深蓝色的外衣,头上的白色船长帽压到额前。他四十一岁,个子并不高,但也不矮,身体相当强壮。他值了一夜的班,现在疲倦得很,只想回家洗漱、吃饭、睡觉,但是提姆带着旅行计划朝他跑来。

"他们要过河,然后乘船穿过海峡,一直到松德维特海角!"提姆又重复了一遍,"松德维特!一趟真正的旅行。

我可以跟着去。他们说,他们可以带我一起去。"提姆一口气说完,然后一边喘着气一边乐呵呵地看着爸爸。但是爸爸并不像提姆那么激动。他惊讶地问:"这能行吗?就这么带上你?"

"行啊,我不就是这么说的嘛!"提姆答道。

"可是他们根本不认得你。"

"我刚刚还在他们那儿来着!"

"现在马上就要跟他们去旅行?"塔莫尔先生笑着说,目光落在提姆身上,瘦削的脸颊上露出慈爱的神情,却也充满了疑虑,"这些和你刚认识的年轻人就这么不管三七二十一,要带你去旅行?"

"因为我是孤零零的一个小孩。"

"因为你是孤零零的一个小孩?你觉得自己很孤单吗?"塔莫尔先生默默地看了提姆一会儿,好像第一次见到他一样,"妈妈在这儿,我也在这儿,还有大海、沙滩、灯塔……"

"可是现在我能跟着他们一起去徒步野营了。"提姆说。

"哦,那倒是,这当然另当别论。"塔莫尔先生摸了摸没刮胡子的下巴。他走到一边,把灯塔的铁门关上,接着用膝盖顶着门,把钥匙往左转了两圈。然后他把钥匙在手上掂了掂,说道:"先看看你妈妈怎么说吧!"

"那你呢?"提姆问。

"我?"

"你同意我去吗?"

塔莫尔先生把帽子往后推了推,看着提姆笑了笑——他并不想现在立刻做出决定。

提姆却不愿让步。他焦急而充满期待地再次追问:"你同意我去吗?"

我要到达的地方

塔莫尔先生又推了推帽子说:"最好让我先去看看那些孩子的情况,你说呢?"

"然后呢?"提姆接着问。

"然后?"塔莫尔先生想了想。他是个做事深思熟虑的人,从不多说或少说一个字,但是只要是他说出口的话,就绝对算数。他一边考虑一边对提姆说:"如果没什么问题,你为什么不能跟着去呢?"

当提姆听到这句话时,他觉得耳朵里传来了歌声。他深

吸一口气，静静地站在原地聆听自己的小心脏欢快的跳跃声。然后他突然一阵风似的跑了起来，手舞足蹈地又蹦又跳，如同一只快乐的小羊。这么大的幸福突然降临，能不让人欣喜若狂吗？

塔莫尔先生被提姆的样子逗乐了。他沿着狭窄的沙路从灯塔向屋顶铺着芦苇的家大步走去。路的两侧长满了山楂树，其中掺杂着几棵无惧海风的枯松。塔莫尔家的房子避风而建，有四扇朝南的窗户和一座花园。

厚厚的芦苇屋顶下是雪白的墙壁。

阴凉的走廊里混杂着一股苹果和旧木箱的味道。

厨房里，早餐已经摆在了桌上：每人一个煮鸡蛋，还有装在蓝色釉面陶盘里的黄油、果酱和蜂蜜。另外还有一块熏肉是给塔莫尔先生特别准备的，他早上吃得比较多。

塔莫尔太太正在收拾橱柜。她的深色头发规规矩矩地盘在头上，身上的蓝色围裙也熨得很平整。她手中拿着的三个摞在一起的咖啡杯都没来得及放下，就开始听提姆讲述要去松德维特的事。她和塔莫尔先生之前一样惊讶地问："住在帐篷里的孩子？提姆要和他们一起走？这能行吗？可以吗？"然后她紧接着又问："去松德维特？有点远吧，而且提姆他还太小吧？那些孩子，他们太大了吧？也不熟悉他

啊。还有……"

这一大堆担忧让提姆渐渐有点不知所措。妈妈的声音慈爱而爽朗,语速总是有点快。提姆一边听着,一边不时地朝爸爸投去求助的目光。

可是塔莫尔先生和提姆一样一言不发。他走到橱柜前,把外衣口袋里的东西全都掏了出来:烟草袋、小烟斗、镶着珍珠贝壳的小刀。他跟每天早上一样把所有东西都整整齐齐地放好,仿佛根本没在听塔莫尔太太说话。直到她问他:

"你不觉得提姆还太小,不适合这种徒步野营旅行吗?"

塔莫尔先生这才转过头来答道:"太小?可是他很结实,也很健康。我觉得他可以跟着去。"

塔莫尔太太没再说什么。她来回端详着提姆,还若有所思地从侧面看看他。她还没做出最终的决定。作为母亲,她总是担心提姆,总把他当成小孩子,可实际上,提姆已经不是她印象中的小孩子了。

塔莫尔太太最后说:"我不是不同意。可是我总有点担

心。如果他想跟着去,那我起码要先认识一下那些孩子。"

"那当然了,"塔莫尔先生说,"我们待会儿就去!"他转过身,冲着提姆笑了笑。提姆原以为这趟旅行要泡汤了,现在觉得欢乐又回来了,他激动得从头到脚都麻酥酥的。

然而,塔莫尔先生脸上的笑容突然消失了。他愣了一下,好像突然想起了什么,把手伸进外衣左侧的内兜,拿出一个黑色的眼镜盒说:"我差点把它给忘了。"

提姆和塔莫尔太太看向这个黑色的眼镜盒,提姆对此并不好奇,他还沉浸在自己的欢乐之中,塔莫尔太太问道:"这是谁的呀?"

"还能是谁的。你们猜猜看。"

盒子里的眼镜已经很旧了,装着圆镜片的镍质镜架有点歪。爸爸把它平放在手掌上给他们看,提姆也伸长了脖子去瞧。他认得这副眼镜,即使把它和别的一百副眼镜放在一起,他也能把它认出来。

"它被忘在发动机房里了。"爸爸说,"海因里希·布兰登的,对不对?我们拿它怎么办?我的意思是,要是提姆去旅行的话……"

提姆突然听到自己的名字,不禁吓了一跳。他心神不定地看着爸爸,不知道接下来会发生什么。

接下来什么也没发生。爸爸一言不发地思量着。提姆也学着爸爸的样子,闷声不响地琢磨着。

海因里希·布兰登这家伙!

谁给他把眼镜送过去?

去特兰坪的路可不近,去一趟九公里,回来又是九公里。而高高的沙丘那儿,帐篷还在等着提姆呢!

海因里希·布兰登这家伙!

可是谁给他把眼镜送过去呢?

提姆轻声地问:"他需要这副眼镜吗?"

"当然了,"爸爸答道,"肯定需要的。不戴眼镜的话,他就没法干活。可是他没空来拿,今天明天都没空。"

大家沉默了一会儿,最后提姆说道:"那我给他送过去吧!"他的声音和之前一样轻,但是很坚定,眼中闪烁着快乐的光芒。海因里希·布兰登没眼镜怎么行!工作又忙空闲时间又少!谁能帮他?除了提姆还能有谁呢?

塔莫尔太太喊了出来:"你?去特兰坪?我以为你要和那些孩子一起走。"

"来得及,这点路我都能来回三趟了。我骑快点。"

"然后还有力气去徒步旅行?"

"那我就慢一点。"提姆答道。

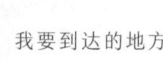

"这可太累人了。"

塔莫尔先生提醒提姆:"你不用去找海因里希·布兰登,或许你应该听妈妈的话。你还要去徒步旅行呢!我看你还是不要去特兰坪比较好。"

"可是我想去。"提姆尽可能平静而坚定地说道。他的脸开始发烫,小脸蛋变得红扑扑的,因为他的小心脏充满了硕大的喜悦:去松德维特!

·2·
提姆和他的钻石牌自行车

提姆的自行车是钻石牌的。红色的车架，锃亮的辐条，前把的左侧挂着一条毛尾巴。

穿过丘陵的路相当平整，犹如一条弯弯曲曲的浅色丝带，忽上忽下忽高忽低。接下来是一片洒满了阳光的平原，在天空下一直延伸到远方。远处的草地上牛群在吃草。

提姆从未这么开心地在这条路上骑车。他挺直上身，叉开双腿，大声喊道："松德维特，松德维特！"

路面逐渐变得颠簸，偶尔还有尖锐的石砟子。

　　随后石路又变成了满是沙子的路,让自行车举步艰难。但是提姆继续往前骑行。

　　远处特兰坪教堂高耸的尖塔越来越近了。春天和秋天的时候,提姆偶尔会在这里被气得号啕大哭——当西风把他从自行车上吹倒在地,当暴雨打在他的身上,当乌云像黑色的怪物追着他跑时,提姆曾经恼恨得无以复加。

　　可是今天,提姆是全世界最幸福的人。夏天的空气是那

么轻盈，充满了成熟麦粒温暖的香味。就连鹅卵石小路似乎也在向他问好。提姆心平气和地在上面骑行，即使他的自行车偶尔忽地像小毛驴尥蹶子似的上蹿下跳，他也毫无怨言。

　　最后的那段路上，有一辆拖拉机从他身边驶过。坐在驾驶室里的司机身子一上一下地颠着，后面的拖车上许多妇女的彩色头巾也在随着拖拉机的颠簸而跳动，几个孩子朝他挥挥手。

我要到达的地方

"嘿,提姆!去哪儿啊?"

"我今天中午要去松德维特!"

"松德维特?松德维特海角?"

"对呀!"提姆大声喊道,"我要去徒步露营啦!"

"去徒步露营?真的吗?那祝你旅途愉快!"

他们挥手跟他告别,那些头巾仍然在欢快地跃动着。

拖拉机低沉的轰鸣声、拖车咣当咣当的晃动声,一切都离提姆越来越远。提姆骑进了特兰坪。他经过大猪圈,横穿夏日里空旷而寂静的村庄,从狭长的村子的另一头又骑了出去。

上哪儿去找海因里希·布兰登呢?

路边有一块抛荒已久的闲地,在偃麦草堆之间盖了四间面积不大的平顶房。门上挂着一块牌子:特兰坪修理中心。

院子里一个人影都没有,四处可见深陷在地里的干涸轮胎印。提姆把自行车一路扛到了二号车间门口。

大门敞开着,里头黑乎乎的,空气中弥漫着蓝烟,一股铁烧红了的味道。车间的尽头传来两把沉重的锤子敲打铁皮的声音,提姆的耳朵跟着嗡嗡作响。

海因里希·布兰登躲在哪儿呢?

车间里塞满了各种机器。

最前方是一台拖拉机,它的前半部分被铁链高高吊起,

整个看起来活像马戏团里直立的马。拖拉机下方蹲着一个满手油污的人。提姆正想问他海因里希·布兰登在哪儿,但还没等他开口,那个人已经将他一把推开:"你不怕拖拉机砸到你吗?"

提姆心想,这人为什么要大吼,他自己不是正蹲在拖拉机底下嘛!

提姆走到车间尽头,也就是工人用锤子敲打铁皮的地方,再次询问海因里希·布兰登的下落。

敲打铁皮的是两个年轻的小伙子。当当当的响声分外刺耳,但他们仿佛什么都听不见似的,抬头看着提姆。其中一人戴着一顶仿牛仔帽。另一个长着一张苍白的胖圆脸,他突然把铁皮高举起来说:"噢,海因里希·布兰登啊,他刚刚还在这下面来着。"

"你自己钻铁皮底下去吧!"提姆说。

敲打铁皮的两人在他身后大笑起来,他们重新挥起铁锤,笑声消失在锤声中。提姆把四个车间都跑了一遍,哪儿都没有海因里希·布兰登的人影。最后提姆跑进办公室,他的脸热得发烫,声音也很急躁:"我找海因里希·布兰登!"

"老师傅?"办公桌旁坐着一个身穿白色亚麻衬衣的年轻姑娘,"想找他时,从来都找不到的。"

"我来给他送眼镜。"提姆说。

"眼镜?那他肯定高兴坏了。坐吧。"

提姆不想坐。他哪儿还有时间坐下来等!年轻姑娘把一张纸放进打字机,整了整裙子,然后她的手指就在键盘上飞舞了起来。

"现在几点了?"提姆问。

"马上九点半了。"

九点半,提姆在心里默念着,九点半。

敞开的窗户外走过一个大声喘着气的人,他背部投下的阴影一转眼就不见了。提姆并没有注意到那个人,但是那个

我要到达的地方

年轻姑娘,一边飞速地打着字,一边抬头瞄了一眼。"那就是他,快追!"

提姆撒腿就跑,从一个角落跑到另一个角落。他绕着整个房子跑了一圈,最后又站在了办公室前,他把脑袋探进敞开的窗户。

"一个人影都没看见。"提姆说。

年轻姑娘停下打字的手指,越过提姆朝外望去,皱了皱漂亮的眉头。

她的脸上突然露出一丝微笑。一个阴影落在提姆身上,一只大手轻轻地搭在他的头上。"嘿,提姆,你好啊!"

海因里希·布兰登站在提姆的身后,跟提姆相比他简直就是个巨人,宽阔额头下他的眼睛疑惑地眨了眨,问道:"你是来给我送眼镜的吗?"

提姆一惊,高兴地转过身,抬头看着海因里希·布兰登,既开心又有点不知所措。他把手伸进毛衣里,前前后后地摸了一遍。

眼镜上哪儿去了?噢,原来滑到背后去了。

"在这儿。"提姆说。

"什么?"海因里希·布兰登问。

"在这儿,衬衫下面。"提姆转过身,可是眼镜现在又跑到肚子那儿去了,于是他赶紧伸手把它从衬衫里面取了出来。

"像马戏团里的大变戏法一样。"海因里希·布兰登说,他把圆镜片擦拭干净,再把镍质镜架戴到他的大耳朵上,"我现在终于又是个完整的人了。谢谢你!想喝点什么吗?汽水?"

"不喝了。"提姆答道。

"雷巴海的故事,我给你讲过没?"

"雷巴海?"提姆问。

"每一艘开到那儿去的船都卡住了。"

"卡住了?"

"就像在布丁糊糊里一样。"

"真的吗?"提姆说。

他的好奇心被唤了起来,他很想听听这个故事,可是时间过得太快了,马上就十点了,他没法安心地听故事了。他对海因里希·布兰登说:"下次再把雷巴海的故事讲给我听吧,我得赶紧回家了。我要去徒步野营了,去松德维特!"提姆闭紧了嘴唇,仰头看着海因里希·布兰登,带着一丝胜利的快感注视着他的脸:看看这下你会说什么。

海因里希·布兰登看上去很惊讶:"去松德维特?昨天没听你说起这事啊。"

"那时候我自己也还不知道呢!"

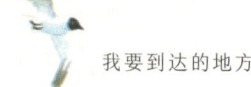

我要到达的地方

"这么说是临时决定的?事先并没有这个打算?"

"来了一群孩子。他们有五顶帐篷,他们要带我一起去。"

现在海因里希·布兰登也和提姆一样兴奋了起来。他把两只大手叉在腰上,一边上下打量着提姆一边微笑着,好像是他自己碰到了什么好事一样。

"什么时候动身啊?"

"大概中午吧。"

"什么?"海因里希·布兰登说道,"那你还待在这儿?

还不慌不忙的？给我把眼镜送过来已经够难为你的了。"

"我就想帮个忙。"提姆答道。

大高个沉默了一会儿，低头看着提姆，就像爸爸看儿子似的，然后跟之前一样轻轻地摸了摸他的头，俯下身对他说："那现在可别耽误了！赶紧回家吧！祝你玩得开心，冒险愉快！"

"我会的！肯定会的！再见！再见！"

提姆一路跑回二号车间去取他的自行车。返回时他再次经过办公室，海因里希·布兰登仍然站在那儿。打字的那个年轻姑娘突然出现在他身旁敞开的窗后，她的手中拿着一个亮灰色的铁制零件：大约有两个手掌那么长，两个拇指那么粗，上部是六角形，下部有螺纹。

"喏，你要的螺栓。"年轻姑娘说。

啊——对，螺栓。

海因里希·布兰登接过零件，朝提姆看去，似乎有点犹豫不决。

"这个螺栓怎么啦？"提姆问。

"得把它送到合作社去。我本来想你反正会路过那儿，但是现在……你要去旅行了，时间恐怕太紧了吧？"

"就三分钟，不碍事。"提姆说道。

他把螺栓插进侧面的裤兜里，骑上车离开了修理中心。

　　左转，右转，道路两边的树木快速地向后退去。一群鹅被自行车惊得拍打着翅膀四下逃窜，一个小姑娘朝提姆狠狠地挥了挥小拳头。提姆根本没注意到她。他的自行车快得如同一只小燕子。

2 提姆和他的钻石牌自行车

村子中央杂草丛生的墓园里,高高地耸立着棱角分明的教堂塔楼,尖尖的塔顶直插云霄。塔楼的大钟上显示的时间是九点差一刻——指针卡住了,多少年来一直都没动过。

合作社的办公室就在教堂塔楼的对面。两棵高大的椴树为庭院遮阳避雨。屋子又大又深,屋顶上铺着芦苇。大门的石头门檐上刻着一句祈祷语:保佑我的一切——1876年。

门檐下方半米处绿底白字写着:办公室。

提姆敲了敲门,然后按下门把手。把手虽然能被按动,但门却依然关着。

提姆再次敲了敲门,这一次更用劲,敲的时间也更长,直到手指关节都敲疼了。他继续用手拍打门把手,用拳头砸门,可是没人理会他。大门不应,窗户不答,整个房子没有发出一点声响。上午温暖的阳光下,提姆孤零零地站在这片沉寂之前,如同被抛弃了一般。

他四下张望了一下。

村子的马路上空无一人,几只鸡在对面的沙堆里嬉戏,远处的某个地方传来助动车开动的嗒嗒声,四周连个可以询问的人都没有。

提姆又敲了三下门,最后他不得不放弃。这下怎么办?提姆惊慌失措起来。时间不知不觉地溜走了,转眼就快到中

午了。

难道就让这个螺栓把他的旅行计划给毁了吗?

提姆气呼呼地盯着那个螺栓。

他这是给自己揽上了什么事!

这个螺栓跟他有什么关系!

提姆立刻拿定主意。他把螺栓立着放在门口后,转身朝自行车跑去。跑到一半,他又折回来,把螺栓放倒,这样外人不会一眼就看到它。然后他跳上车座,但没有马上骑走,而是又回头看了看那个螺栓。能把它就这么放在那儿吗?

提姆这个时候才想起了后院。最后一线希望!他拿起螺栓,穿过椴树的阴影朝屋后骑去。

卡利·克吕格正静静地蹲在那儿。提姆无语了:他之前一个人影都没瞧见,一点声音也没听见,而卡利就蹲在这儿修他的摩托车!

"嘿!卡利!"提姆一边喊一边急速刹车,"我还以为这儿没人呢!"

卡利匆匆地扭过头瞥了他一眼,说:"刚才门口那个疯子就是你啊。"

"你都听见了?那你为什么不过来瞧一眼?"

"没空!"卡利龇了龇牙。

我要到达的地方

他坐在拆开的摩托车中间,周围的两块毯子上几乎放满了零件:轮子、排气管、车座、喇叭、发动机,还有一大堆螺丝。

卡利在螺丝堆里东翻西找。他十八岁了,是合作社主任鲍尔·克吕格最小的儿子,拖拉机开得好,舞也跳得好。卡利一出现,姑娘们就都围着他转,但是卡利最爱的还是他的摩托车。

"没有其他人在这儿吗?"提姆问。

"开始收割庄稼了。我爸每次都急得抓狂。所有人都被

赶上阵了。"

"那你呢?"提姆接着问。

"我要组装我的宝贝车子。"

"可其他人都在田里忙活呢。"

卡利又龇了龇牙。

"我怎么就不能留在这儿了?我就是这么个人,你想说什么吧?"

提姆不想说什么。他在考虑该把螺栓交给谁,他能信任卡利吗?

"可是为什么呢?卡利,你为什么不跟其他人一起去田

我要到达的地方

里干活呢？"

卡利又钻到他的摩托车后面。他可没兴趣跟提姆讨论这件事。提姆只是个八岁的小不点而已，而卡利已经十八岁了，圣诞节过后他就已经成年了，他干吗要和提姆谈这些严肃的问题。于是他只是说："因为我爸呗！"

"你们吵架了？"提姆问。

"比这复杂多了，"卡利答道，"不过这些事你还不懂。"

他继续在摩托车下面挪动，弓着背，把脚踏起动器拆了下来。

卡利的左手腕上戴着一块手表，超薄型，银色软表带。提姆紧盯着那块表，突然发现它的指针指着十点半。提姆吓得胸口一热。

"已经这么晚了？！十点半了？那我得走了！"

"快走快走！"卡利说，"对了，你上这儿来干吗的？"

提姆喘了口气说："我来送螺栓。海因里希·布兰登叫我来的。可是我给谁呢？谁都不在。"

卡利慢慢抬起头来，就像一只兔子从白菜堆里抬起头来一样，他问："什么螺栓？放我这里好了。"

提姆早就想这么干了，可是卡利这个不靠谱的家伙，说不定会把它据为己有，或者把这件事给忘了，或者干脆坏心眼地不交出来……

2 提姆和他的钻石牌自行车

见提姆没有回答,卡利追问道:"你不放心我?"

"不不,"提姆说,"当然不是了。"他还能有什么别的办法呢,只得把螺栓从侧面的裤兜里拿了出来。

"你可千万别忘了啊!"

"放心,你快走吧。"

"你可一定要把它交出去啊!"

"不然呢?"

"那就拜托你了啊!"

"快走快走!"卡利威胁似的挥了挥扳手。

提姆骑着车绕了个圈,随口问道:"现在几点了?"

"十点半。"

"怎么还是十点半?"

卡利又看了看表,自己也觉得挺奇怪。他抬起手,把耳朵贴在表上听了听,接着甩了甩胳膊,又听了听。他忽地吐了口气,把表侧面的旋钮拧了几下,笑着对提姆说:"嘻,忘了上发条。现在跑得可利索了。"

"我的天哪!"提姆喊道。

他骑出后院,经过墓园,冲上大街,像风中的落叶似的一路飞驰而去。再也没有什么人什么事能把他拦住了。

· 3 ·

糟了！十二点差五分！

  提姆还没骑出村，就看见前面有个老太太急匆匆地跑着，她的白色头巾和宽大的长裙迎风飘舞。提姆突然有个预感：她马上就会转过身来朝他招手。她肯定是有什么急事，不然她这么个老太太不会平白无故跑得那么快。
  可是提姆没时间了。他没空再去管别人的事了。不等对方开口求助，他就打定主意这次决不心软。提姆加快速度，骑到路的另一侧。他猛踩踏板，左一下，右一下，左一下，右一下，越骑越快，伴随着车轮的啸声飞驰而去，把老太太和她白色的头巾、飞扬的裙摆远远地抛在身后。他就那么嗖的一下从老太太身边驶过，转眼就不见了。

然而老太太的呼声却来得更快。"小家伙，小家伙！"她喊道。

提姆继续骑。他听不见，什么也听不见，他只管往前骑。

"小家伙，你倒是等一下啊！"

提姆继续骑。他现在是铁石心肠，对喊声充耳不闻。他今天上午已经干了够多的事情了。现在他要去松德维特了。

"等等我啊！小家伙！"

难道这世界上只剩下他一个人了？只有他提姆还活着？

可是他的腿已经没有之前蹬得那么快了，自行车也不再飞速疾驶了。提姆扭过头，往后瞥了一眼，看见老太太站在路上，白色头巾下的她显得失望而无助。提姆一边狠狠地埋怨自己，一边掉转车头。

老太太笑着对他说："哎，小家伙，你是去田里吗？"

"我去灯塔。"提姆答道，尽量显得不那么友好。

还有希望。农田到处都有，看这老太太的样子，不知道要去哪块田地里呢，不一定是和去灯塔的路同一个方向。

"那你就是往北去喽？"

"会先往北走一段。"提姆答道，他依然抱着一线希望。

可是老太太说："你要是往北去的话，肯定会看见他的。我给他把茶泡好了，放凉了，还加了点糖。他最喜欢喝这样

 我要到达的地方

的茶了。"

"谁呀?"提姆问。

"小赫尔,我的孙子。你认得他吧?"

"小赫尔?"提姆说,"我好像不认得他。"

"收割机你总认得吧?他就坐在里头。你能不能帮个忙,把这茶给小赫尔捎去?"

提姆一声不吭。他看了看老太太手中的布袋,袋口露出又粗又圆的瓶颈,上面的瓶塞有小咖啡杯的杯口那么大。提姆心想,南瓜都没这么大的个儿。给小赫尔的茶关他什么事?

提姆抬起头说:"我没看见收割机。"

"肯定能看见的,"老太太说,"他在村子北边的田里干农活,一大清早就打这儿经过了。"

"哦,是嘛!"提姆一边说一边眼看着最后的希望一点点破灭。如果收割机真的在那边的话,提姆就得帮老太太这个忙,否则他今天就再也快乐不起来了。

提姆一言不发地接过布袋。他感觉到了瓶子的重量,恼得脖子都红了。

"是不是太重了?"老太太问,"我多准备了些。这样每个人都能喝上一点。"

她的神情既怜爱又忧虑,那双老奶奶的眼睛安详而谦和

地对提姆笑着,这让提姆为自己的怨气感到很不好意思。他赶紧说道:"那我出发了,我急着赶路,真的没多少时间了。再见!"

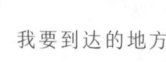

我要到达的地方

"路上小心啊!"老太太提醒他说,"下次再到村里来时,到我家来拿个苹果!"

"好的好的!"提姆喊道。老太太站在路边,白色大头巾下的她显得格外高兴。

提姆现在也不气恼了,他默默地骑出了村,经过大猪圈,一路向北朝着无边无际的农田骑去。

太阳已经升得老高了,白茫茫的阳光照耀着大地。灼热的空气笼罩在前方的石子路上。

提姆骑得飞快。他仍穿着毛衣,现在出了一身大汗,浑身像一匹马似的直冒热气。他脱去毛衣,喘了一会儿。他的耳中只有寂静,没有汽车,没有马车,四周一个人影都没有,只有高高挺立的农作物、豆秸、萝卜叶和开着黄花的羽扇豆。提姆置身于这片寂静之中,小小的身影站在这条没有尽头的北上之路上。

到哪儿去找收割机呢?

提姆伸长了脖子四处张望。他使劲地往高处跳,可是除了摇摆的麦穗他什么也看不见。而且周围的寂静告诉他,附近根本没有收割机。

于是他继续往北骑,车把上的布袋不停晃动着。渐渐地,他开始担心,同时又气恼了起来。

要是他找不着收割机怎么办?要是小赫尔开着收割机到

别的什么地方去了怎么办？如果是那样，那瓶茶怎么办？

提姆把布袋推到一侧。瓶颈一晃一晃的，像是被欺负了似的。自己这是又摊上了什么事！

一片树林出现了，转眼又消失得无影无踪。明亮的天空再次呈现在他眼前，两边又是无边无际的农田。提姆停下车，竖起耳朵仔细地听。

周围只有他一个人，但远处的某个地方传来了机器的轰鸣声。声音一会儿远一会儿近，忽地消失了，忽地又响了起来，可是提姆怎么也看不到机器的踪影。于是他朝最近的一棵树跑去。那是一棵白桦树，枝杈看上去挺结实的。提姆爬上树后才终于看见了收割机。它像一条大船似的遨游在宽阔的田野边缘，远在麦浪的尽头，遥不可及。提姆的心脏都差点停止跳动了。

但是提姆没有犹豫，其实他也别无选择。他跳下树，一把抓过装着茶瓶的布袋，撒开腿朝收割机跑去。他经过树林，穿过田中一排排的麦秆，一刻也不停留地跑啊跑，直到机器的轰鸣声就从他附近传来，他这才停下脚步，大张着嘴，一边喘着气一边等待。

收割机的隆隆声越来越近。提姆看见它朝自己开了过来，又高又大，左右晃动，好像置身于轻柔的海浪之中。它干起活来又快又好，好像玩游戏一样轻而易举。

  提姆举起布袋。他把它举得高高的：瞧，他居然拦住了这个庞然大物！巨大的拨禾轮不转了，喧哗的切割器也不响了，一切轰鸣声都消失了，整台收割机不再发出一丝声响。现在，又能听到百灵鸟的歌声和提姆的话了："我是来送茶的！"

收割机上坐着两个人。控制方向盘的是个年轻的小伙子,长得虎背熊腰。他从收割机上跳到提姆跟前。

"茶!太好了!"

提姆有点犹豫地把布袋递了过去。他把小伙子从头到脚打量了一番,虽然心存疑惑,却也不知说什么好。那个虎背熊腰的人诧异地问:"怎么了?我身上有哪里不对劲吗?"

"没有没有,"提姆答道,"不过……你真的是小赫尔吗?小——赫——尔?"

那个人哈哈大笑了起来,他打开茶瓶,把它放到提姆的嘴前说:"第一口给你喝。"

提姆确实很渴,微甜的凉茶一入口,他顿时觉得神清气爽。他舒服地叹了口气说:"谢谢!"

那个人摆摆手,说道:"该道谢的是我们。辛苦你啦!"

"我只是碰巧路过,"提姆说,"不过我现在得走了。我

我要到达的地方

没时间了,真的没时间了。现在几点了?你知道准确的时间吗?"

收割机上的另一个人有一块旧的怀表。他把表从马夹口袋里掏出来,打开银色的表盖看了一眼说:"马上十二点了。"

"十二点?!"提姆失声喊道,整个人都呆住了。

"准确地说,十二点差五分。"

提姆自言自语地重复道:"十二点差五分。完了!"他猛地撒腿就跑。

"喂!怎么了?出什么事了?"

可是提姆什么也看不见,什么也听不见。

他跑啊跑,好像在逃命一般。

要发生什么事才会让提姆这样的孩子心灰意冷?

他听见了，人家说快十二点了，他知道那些孩子只在沙丘那儿待到中午。也就是说，那些帐篷现在可能已经不在那儿了。也就是说，那些孩子现在可能已经走了。

提姆虽然这么想，但是他并不愿意相信。那些孩子会等他的，他们不会不带上他就出发的。他们知道他多想跟着一起去，因此他们会等他的。

提姆凭什么这么自信呢？

他骑啊骑。路还远着呢。北上的马路在阳光下闪着灼热的亮光，如同一条银灰色的丝带蜿蜒于草地与农田之间。麦穗在风中微微地点着头，远方的山坡上笼罩着一片蓝色。

提姆继续骑……

他把自行车的脚踏蹬得飞快，双腿不停地上上下下。他的发梢湿漉漉地粘在额头上，抓着车把的双手也已经满是汗水。提姆还能这样骑多久？他专拣那条介于石子路和田垄之间的狭长小道来骑，这里的路面比较平滑，车轮在上面发出嗡嗡的旋转声。自行车一路飞驰，轻盈得如同一辆赛车。前把上挂着的毛尾巴迎风飘舞，如同火红的尾焰一般。

然而，这条不到一掌宽的狭道上也隐藏着危险：一条被大雨冲出来的水沟突然横在他的前方。提姆发现得太晚了，刺眼的阳光下，提姆看到它的时候已经既来不及刹车也来不及绕开了。车把从他手中飞离，一股强大的力量把提姆从车

我要到达的地方

座上甩了出去。这股力量如同幽灵之手一般无声无息,却猛烈得好似给了提姆当头一棒。

提姆越过车把,在空中划了一道弧线,最终大张着双臂摔进了麦田。麦秆哗啦啦地折倒,麦穗前后摇摆,一朵矢车菊惊得抬起了凌乱的小脑袋。出什么事啦?

提姆纹丝不动地躺在原地,好像昏迷了一般。

3 糟了！十二点差五分！

空中的一只百灵鸟也停下了它婉转的鸣叫声。

提姆缓慢地转了一下头，接着他眨眨眼睛，晃晃胳膊，动动腿脚。哪儿都不疼，看来没什么大问题。只是左膝处的裤子被刮坏了，膝盖也破了，正在流血，但是提姆并没有感到疼痛。他四下张望了一下，看见自行车倒在路上，镀铬的地方在太阳下闪闪发光，好像什么事也没发生一样，毛尾巴

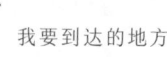

我要到达的地方

忧伤地垂着。前轮也不再是圆的，几根散了架的辐条来回晃动，轮圈也扭曲变形了，整个前轮现在看起来就像一个瘦长的 8 字。

提姆就这么一动不动地看着他的自行车，像被麻醉了似的躺在原地。他瞪大了眼睛，似乎还无法相信自己遭遇了什么。他忽地一跃而起，冲上道路，扶起自行车来回推了几下。车轮转动时似乎磨到了什么地方，可怜兮兮地抖动着，松散的辐条发出丁零当啷的声音，整辆车就像个醉汉似的摇来晃去。提姆呆住了，他傻愣愣地站在那儿，不知如何是好。

没有自行车他就完了，这下肯定来不及了。

没有自行车他就没法去松德维特了。松德维特，松德维特……

不过或许还有一线希望。提姆可不想就这么放弃。他把松散的辐条拧下来，手脚并用地使劲把轮圈掰正，然后再次试了试。

前轮还是在晃，但是磨得不那么严重了，提姆咬了咬牙，骑了上去。他慢慢地踩动踏板，没什么问题。他骑快一点，再快一点，还是没出什么事。前轮一边歪七扭八地转着，一边发出嘘嘘的哨声。虽然现在的自行车骑起来一瘸一拐的，偶尔还蹦弹一下，但是并没有大问题。提姆还是能够骑着它前行。他喜出望外,再次恢复了信心。不幸中的万幸,他的运气真是太好了!

提姆越骑越快,前轮转得活像一只被追得气喘吁吁的鸭子,但是它仍在不停地转啊转……提姆眼看着蓝天下的山坡离他越来越近,他信心百倍,一路向前骑去。

松德维特,松德维特!

那些孩子肯定会等他的!

然而……这是怎么了?他的自行车突然歪倒了,如同一只疲倦的动物,慢吞吞、软绵绵地朝前倒下,幸好提姆及时跳下车,没有摔跤。他在车旁跑了几步才站住脚。他站在那儿看着眼前的这幅令人悲哀的画面:自行车的前轮变成了鸡蛋的形状,而且还像回旋镖似的折弯了一部分,绝对没法再工作了。提姆气急败坏地举起自行车,把它扔回到路上。可是这样做有什么用呢?一点用也没有!提姆深吸一口气,咽了咽唾沫。他的喉咙又干又痒。

漂亮的自行车——完蛋了。

松德维特之旅——没戏了。

一切都完蛋了,一切都没戏了。

山坡近在咫尺,提姆满心的希望却骤然破灭了。路上空无一人。

提姆把自行车扛到肩上,就像马儿死了以后,骑手扛

我要到达的地方

着马鞍那样。他扛着伤痕累累的自行车,内心满是颓丧和忧伤。

不过,不是有过这样的故事吗……不是有人曾经讲过……有的人差点死了,结果却……

·4·
你要去北边吗?

  寂静的道路上,提姆扛着自行车一步一步坚定地向北走去,他的心中渐渐又燃起一线希望。无论希望多么渺茫,它总还是存在的。提姆不再去想自己碰上的倒霉事。他的思绪已经先他而行,飞到那些孩子的身边问他们:为什么会没有希望呢?

  那些孩子可以多等他一会儿嘛,又没人赶他们走。而且他们知道提姆有多想和他们一起去松德维特。说不定他们真的会多等他一会儿呢,一直等到他赶过去。

  就这样,提姆在希望的支撑下,肩扛着沉重的自行车,沿着田野继续走下去。他的心中早已不再颓丧也不再忧伤。

我要到达的地方

好运很快就伴随着希望来到他的身边。

一辆马车穿过田野朝他驶来,远远地只能看见两只栗色的马头在麦穗上方晃动。提姆于是停在田间小路的尽头等着。

马拉的是一辆空车,橡胶车轮,低矮的车厢。驾驶马车的是特奥·布罗姆,特兰坪的一位老农夫。他从高高的座位上用好奇的眼光低头看着提姆。他的脸颊消瘦,满是皱纹。

提姆抬起了手。

"吁——"特奥·布罗姆喊道。那两匹强壮的栗色马向后仰起脑袋,停住了脚步。

"你要去北边吗?"提姆问。

"上来吧。"特奥·布罗姆说道。他坐着没动,直到提姆费劲地举起自行车时,他才搭了把手,把它放到后面的车厢里。马儿跑了起来,橡胶轮胎轻柔地滚动着。提姆还从来没有乘过这么舒服的车。他高兴得想唱歌,可老农夫却从旁边看看他说:"你把自行车彻底弄坏了,完蛋了吧。总是骑那么快,跟消防队去救火似的!这下糟了吧。你是灯塔那边的,对不?"

"对,"提姆答道,"是因为路上有条沟,我才摔了一跤的。"

"沟啊,是嘛……"

"真的是有条沟。"

"那你就该慢点骑。"

"换作平时我会的,"提姆说,"可是我实在没时间了。"

"没时间?那你现在的时间可多了。"

听到这句话,提姆默不作声。他能怎么回答呢?这种聪明话特奥·布罗姆说起来简单,可是对提姆来说太不公平了,他整个上午都在东奔西走——竭尽所能去帮助他人,尽力去完成力所能及的事情。他得跟特奥·布罗姆解释这些才行。但是提姆不知道怎么开口,也没有兴趣去解释。于是他只是随口答道:"我要去徒步野营,但之前还有好多事

要办。"

"你看看,"特奥·布罗姆教导他说,"你就应该把所有的事都好好安排一下才对。安排好了,就事半功倍了。"他一边说一边看着光亮的马鬃,随着起伏的马头点了点头。提姆僵硬地坐在旁边,一言不发,心想:随他怎么说吧,能让我搭马车就行了。

两匹马强有力地拉着马车,车轮轻快地滚动着。其实,如果马和特奥·布罗姆愿意的话,车子完全可以跑得更快一些。

"咱们能不能稍微跑快一点啊?"提姆小心翼翼地问道。

特奥·布罗姆自言自语地嘟囔了些什么。

提姆又问了一遍:"就快一点而已,不行吗?"

"为什么?"特奥·布罗姆问。

"因为我赶时间。"

"噢,那好吧!"

鞭子落在了马屁股上,但只是轻轻地擦过,并没有让马感到疼痛。那两匹马继续保持原速,它们才不想跑快点呢!它们大声地打着响鼻,浑身散发着力量,马蹄铁重重地踏在路面上,发出有节奏的响声。

"天太热了,"特奥·布罗姆说,"马也累了。"

但是提姆发现,老农夫其实就是懒洋洋地不想让马跑得更快,提姆的事对他来说无关紧要。

提姆没有马上回应,他等了一会儿才闷闷不乐地说道:"我要去松德维特。"

"松德维特?"特奥·布罗姆陷入了沉思,他佝偻的脊背摇来晃去,"松德维特,我很多年以前去过那里。那可是老早老早以前的事啦。我那个时候比你还小。那儿有一个旋转木马。"

"一个旋转木马?"提姆问道。

"对。"

"就一个?"

"其实是白天鹅。"

"还有铁链之类的?"

"不是,"特奥·布罗姆答道,"就是个旋转平台,会不停地转,上面有白天鹅,拉着红色的车厢。"

"好玩吗?"提姆问。

"那当然了,"特奥·布罗姆说,"你可以坐在天鹅的两个翅膀之间。"

"哇哦,"提姆说,"天鹅要是能飞起来就好了。"

特奥·布罗姆从旁边不满地看了他一眼说:"往哪儿飞啊?你倒是说说看?就那么不停地转就已经够好玩的了。"他看着提姆,似乎还想再说点什么,却一眼瞧见了提姆擦破的膝盖,上面的血和污物结成了黑色的痂。特奥·布罗姆用手指着那儿说:"得涂点碘伏。"

提姆屈伸了一下膝盖,有点疼,但是他却像没事人一样说道:"就破了点皮而已。"

"碘伏总是好的。驾——快跑!驾!"

马鞭抽打在紧绷的马皮上。两匹马感到有点奇怪,很不情愿地加快了速度。马车辘辘地向前驶去,自行车发出丁零当啷的响声。坐在马车坐板上的提姆被颠得像只跳蚤似的,一跳一跳的,特奥·布罗姆却坐得稳稳当当的,只有脊背在快速地晃动。

世界就这么变了，特奥·布罗姆心想，松德维特啊，松德维特——我什么时候也曾像旁边这个小不点么小来着？

马鞭停在马的附近，只是轻轻地擦过马身，两匹马并不会感到疼，但是它们知道：它们现在得快点跑，直到鞭子又离它们远远的。

山坡变得越来越高，道路也开始缓缓上行，特奥·布罗姆拉住了马。

"我得在这儿往左拐。"

"往左？"提姆说，"哦，那太可惜了。"

他磨磨蹭蹭地从马车上爬下来，站在车厢侧面，等着特奥·布罗姆把自行车递给他。

可是特奥·布罗姆却说："把你那坏了的自行车就留在车上吧！我把它送到修车厂去，好不好？"

提姆没意见，他其实高兴极了，没有比这更好的建议了。这样他就不用自己扛着自行车了，这样他就能跑得像风一样快了。

"你赶紧跑吧，"特奥·布罗姆说，"我也得接着赶路了。驾！"

马车的车轮滚动起来，晃晃悠悠地缓缓驶入田野。

提姆喊道："谢谢！谢谢！非常感谢！"

特奥·布罗姆没再回头。他只是轻轻挥了挥马鞭，而两

匹马立刻竖起了耳朵,以为马上又得加快步伐。

提姆顺着路朝山坡上跑去,脚步轻快,像印第安人一样敏捷。他深信自己还能赶上那些孩子。

·5·
夹在树枝上的纸条

尽管中午早已过去，太阳已经向西斜去，也没人给他任何希望，但提姆深信他能赶上那些孩子。因为他们会等他的。他们会的，他们必须等他，提姆就是这么想的。

然而，他得到的却是沉重的打击。

他静静地站在山坡顶上，如同被雷击了一般无声无息地朝高高的沙丘望去。

帐篷不见了！

孩子们不在那儿了！

沙丘上空无一人。沙丘顶部在阳光下闪闪发光，而笼罩在阴影里的坡身却是灰乎乎的，只有太阳还停留在帐篷原本

所在的地方。

提姆朝那边望去,依旧是一言不发。

沙丘的边缘是波光粼粼的大海,碧蓝如洗,泛着白色的浪花。远处行驶着一艘船,离他那么遥远,好像要去天边一样。但是提姆似乎什么都没有看见。他呆呆地瞪大了眼睛站在那里。

帐篷不见了，孩子们全走了。

他们没有等他。他们没有，没有等他。

提姆慢慢地走下山坡。他感受着自己的每一步。他脚步沉重，双腿无力。

一切努力都白费了。

当他再次站在营地上时，展现在他眼前的是：被压平的

我要到达的地方

野草——那是帐篷留下的痕迹；烧成了黑炭的木头上盖着泥土——那是燃过篝火的地方；旁边有一根苍白的树枝，上面有啃咬的痕迹，但被海水冲洗得很光滑，树枝的顶端被劈开了，中间夹着一张纸条——那是孩子们给提姆的留言。

我们不能再等了。
祝好！
赫尔曼及其他全体成员

纸条下面还潦草地写着：

你随后跟来吧！！！
松德维特！

提姆把纸条念了大约有二十遍，从左往右，从上至下，从下往上，最后提姆都能倒背如流了。他把纸条叠起来放进裤兜里。

随后跟来！

提姆暗自苦笑，内心无比忧伤。

随后跟来……怎么跟？

几只海鸥在低空滑翔，它们朝陆地飞来，大张着翅膀伸

我要到达的地方

直了脑袋寻找食物,结果什么也没找到,于是它们又飞回海上继续觅食。海鸥的鸣叫声不断传入提姆的耳中,这给他带来一丝安慰:海鸥始终都在。就算人都走光了,海鸥也仍在他的身边。

可是纸条上写着"你随后跟来吧!!!"。

那几个字是赫尔曼写的。赫尔曼——那个又高又瘦、乌黑的头发垂到额前的男孩。他说他想跟提姆一样待在这里烤鱼、吃海贝。但他现在走了,提姆又变得孤零零的,好像这里从来没有过帐篷,他也从来没见过赫尔曼一样。

可是纸条上写着"你随后跟来吧!!!"。

提姆向南边望去,灰色的灯塔矗立在那里,那么高大,那么熟悉。圆圆的塔顶洁白无瑕,赫尔曼说他想上去看看。但他现在走了,他们永远也不会再见面了。

永远!永远?

可是纸条上写着"你随后跟来吧!!!"。

可是叫他怎么跟去啊,怎么去,怎么去……

提姆朝家的方向跑去,将沮丧和气馁远远地抛在脑后,朝着希望一路奔去。

灯塔脚下,提姆家的房子正沐浴在阳光之中。沙路上空无一人,通往厨房的走廊阴凉而幽暗。

提姆的妈妈从花园里跑出来,手里拎着个装满了豆荚的小篮子。

"提姆,你怎么这副模样!你去哪儿了?怎么这么久?"

她焦急地一路小跑朝他飞奔过来,先是摸了摸他滚烫的脸颊,然后又帮他把汗湿了的头发从额头拂开。不等她继续说什么,提姆就嘶哑着嗓子上气不接下气地问道:"他们早就走了吗?"

"那些孩子?是啊……"

"他们没有等我?"

"等了的,他们当然等你来着,还派人出去望了你半天呢!我就知道,我不是说了嘛,可你啊,你非要去特兰坪……"

提姆默默地听任妈妈没完没了地唠叨。他缩着脑袋,嘴唇紧闭,像是在跟谁赌气一样。实际上他并没有赌气,他只是不想要别人的同情和怜悯,不想妈妈这样抚摸他。

那些孩子等他来着!

"多久?"提姆问,"他们等了多久?"

"哎哟,他们可等了好久呢!直到实在没时间了,再等他们就赶不上渡轮了。"

提姆周围的世界开始旋转,妈妈的脸渐渐变得模糊,但转瞬间又恢复了清晰。提姆听见妈妈说:"你现在赶紧歇歇吧,我去给你弄点吃的。今天晚上你也早点睡觉。"

可是提姆并没有把妈妈的这些话听进去。

他怎么才能追上那些孩子呢?

谁会同意他去呢?

妈妈?妈妈肯定是不用问了。

爸爸呢……

提姆问:"爸爸在哪儿?在睡觉吗?"

"去灯塔了,他说会马上回来。他今天还没睡过觉呢。"

妈妈转身朝饭桌走去,提姆趁机溜出了门。

"提姆!"妈妈喊道,"提姆!"

可是提姆早已一溜烟顺着沙路朝灯塔跑了过去。

他在半道上就看见了爸爸,他正朝着提姆的方向大步走来。爸爸的步子越来越小,最后终于站在了提姆跟前。他看着提姆的脸,如释重负,微笑着问道:"哎,提姆,发生了什么事?你怎么这么晚才回来?"

提姆无助地耸了耸肩。

爸爸看见了他擦破的膝盖，问："你摔了一跤？"

"嗯，也摔了一跤。"提姆答道。

"也？还出什么事了？"

"可多了。"提姆说。但是他现在不想提那些事。他从裤兜里掏出那张纸条，把它展开，一言不发地递给爸爸。爸爸接过纸条看了起来，提姆满怀希望地观察着爸爸脸上的表情。不过纸条上写的内容对爸爸来说并不是什么新鲜事，他把纸条折起来，说道："嗯嗯，我知道。他们都希望你能跟着去。那个瘦高个儿，黑头发的……"

"赫尔曼！"提姆喊道。

"……还有另外一个，长得像运动员似的……"

"阿迪！"提姆又喊道。

"他们两个特别强调说，要你跟着去，他们会在那边一直等到最后一班渡轮。"

"真的？真的吗？一直等到最后一班渡轮？"

"可是现在已经太晚了，"爸爸接着说，"这么晚，你一个小孩子，真的不行。"

提姆刚刚还在兴头上，现在却无声无息地跌入失望的低谷中。他什么也感觉不到了，既不知道怎么反驳爸爸，更不知道怎么恳求。提姆只是看着爸爸小声地问："为什么？为

5 夹在树枝上的纸条

什么不行?"

爸爸微笑着说:"你自己看不出来吗?从这里到轮渡站差不多有二十公里。"

"二十公里?"提姆重复道。其实他心里一清二楚,爸爸说的没错。

"而且得一路走着去。你想想看,你今天已经做了多少事了,所以真的不行,"爸爸说,"实在是太晚了。"

提姆动了动嘴唇,却一个字也没说出来。最后一线希望破灭了。提姆又看了爸爸一眼,感到泪水卡在了嗓子里。提姆转过身,不想让爸爸看见。他使劲把泪水咽进肚子里,然而泪水却不断地涌出来,不一会儿,他的眼里已是一片模糊。

·6·
去赶最后一班渡轮

　　四周寂静无声,灯塔也沉默不语。塔尖遥不可及,上方的天空碧蓝如洗,万里无云。

　　提姆在哭泣,爸爸束手无策地站在旁边,他看着提姆露在衣袖外面的那一小截手臂,不知说什么好。

　　半小时之后,特兰坪修理中心的电话响了,身穿白色亚麻衬衣的年轻姑娘拿起听筒,是提姆的爸爸打来的。

　　"海因里希·布兰登还在吗?"

　　"请稍等。"年轻姑娘一边回答一边抓着听筒朝敞开的窗户跑去。

　　"布兰登先生,电话!"

海因里希·布兰登正站在二号车间附近。他穿过院子走过来,年轻姑娘一边把听筒递给他一边说:"灯塔那边打来的,好像很急。"

"喂?灯塔,是你吗,汉内斯?"

海因里希·布兰登默默地听了足有一分钟,他皱着眉头,嘴巴也越张越大。

"我的天!"他说,"怎么会这样……怎么这么倒霉……"然后又继续听下去,面容严肃而专注,似乎在想怎么答复。但是他显然想不出什么好的答复来。他的脸上写满了遗憾。

电话的另一头没有说话声了，传过来的只有线路的嗡嗡声。海因里希·布兰登思来想去。他站在被太阳晒得滚烫的墙壁前，听筒紧贴着汗湿的耳朵，一边大声地喘着粗气一边琢磨。

屋内的年轻姑娘问："怎么了？也许我能……"

"等一下，"海因里希·布兰登对她说，转而又对听筒说道，"汉内斯，你听我说啊，我暂时没什么主意，不过我会想办法的。我晚点打电话给你。我会想出办法来的，我保证！"

海因里希·布兰登挂断了电话。

"我们需要一辆车。"

"一辆车？"年轻姑娘睁大了眼睛问。

"没错，"海因里希·布兰登答道，"小汽车，或者其他什么车都行。"他仍然站在热乎乎的墙壁前，一边焦急地看着年轻姑娘，一边不停地用一块蓝色的印花布擦拭着脖颈。

"提姆，就是之前那个男孩，他得尽快赶到轮渡站去。"

"可是，"年轻姑娘问，"上哪儿去弄小汽车啊？"

海因里希·布兰登面露难色地说："也不一定非得是小汽车，随便什么车，只要快就行。咱们这儿至少有五个小伙子有摩托车吧！"

"可是谁来开呢？"年轻姑娘又问。

谁来开呢,海因里希·布兰登心想,怎么会有这么愚蠢的问题!

然而年轻姑娘毫不放松,继续追问。

"咱们的人哪有时间啊!我的意思是咱们都忙到这个地步了,活儿那么多,尤其是那些送来修理的收割机,大家都等着呢。每个人都忙得不可开交,事实上谁也不能走开啊!"

海因里希·布兰登看着年轻姑娘。他当然知道车间里谁都走不开,现在正是收割庄稼的时候,收割机的修理工作一刻都等不了,谁能在这个节骨眼儿上随便派个人出去开车玩?

年轻姑娘一言不发地看着他,心平气和,她身上的白色亚麻衬衣干净而整洁。从修理工作的紧急程度来说,她说的没错,但是提姆还在灯塔那儿等着。

"不管怎么说,"海因里希·布兰登说,"我不能让他就在灯塔那儿傻坐着。一切都泡汤了,所有的快乐都没了。他现在需要一点帮助的时候,却没人去帮他,他会怎么想?"

年轻姑娘专注地听着海因里希·布兰登的话,他说的没错。她突然间想出一个主意:"找合作社!合作社肯定能帮上忙。他们比咱们办法多。"

我要到达的地方

　　海因里希·布兰登摘下眼镜，擦了擦额头、面颊和眼睛，然后又戴上眼镜说："万一他们不行，半个小时内没人去的话，我就派一个咱们的人去。就这么定了。"

　　海因里希·布兰登是这么说的，也是这么想的，诚心诚意。尽管如此，他还是希望合作社能帮上忙。

　　毕竟活儿那么多，期限那么紧，谁能不管三七二十一就这么离开呢！

　　于是，特兰坪合作社办公室的电话现在响了起来。

　　电话设在大门右边的房间里，那里原本是克吕格家的客厅。里面现在放着一张黑漆写字台、三个浅色的桦木活动柜，还有一个中间凹下去一大块的旧沙发。

电话响了起来,鲍尔·克吕格不耐烦地朝桌子那头瞧了一眼。鲍尔·克吕格是卡利·克吕格的爸爸,也是合作社的一把手。他个子不高,长得虽然有点胖,行动却很灵活。他一边抓起听筒一边继续看文件,偶尔点点头,偶尔又嘀咕着什么。"嗯嗯,明白。"

其实鲍尔·克吕格什么也没明白。

他满脑子都是收割庄稼的事,而目前最让他头疼的就是卡利,这小子正在外面的村路上来来回回地开着摩托车,那声音吵得人心烦意乱。

鲍尔·克吕格哪儿还有心思去考虑别人的要求。

他提高嗓门说:"海因里希,我以为你知道我们正忙着收割。结果你倒好,来跟我提什么出去闲逛的事。"

于是海因里希·布兰登开始滔滔不绝地讲述,又是解释又是恳求,但是鲍尔·克吕格完全听不进去,他揉搓着鼻子下翘起来的几根银灰色胡须。

突然间,他猛地一下跳了起来。"螺栓?没人送螺栓过来啊。"

"什么?"

"那个提姆,他没来送过螺栓。"

"可他肯定去了的啊!"海因里希·布兰登说。

"反正他没在我这儿出现过。"鲍尔·克吕格答道。

屋外,卡利的摩托车飞驰而过,车尾冒出一通蓝烟。发动机的声音大得像歼击机飞过一样,震得鲍尔·克吕格左侧太阳穴的青筋直蹦。

"这是怎么回事!"海因里希·布兰登在电话里说,"这么说你没拿到螺栓?"

"没,"鲍尔·克吕格答道,"而且你也知道,我们急需它,不然我们没法把大拖车连到秸秆压块机上。那个孩子该

不是把螺栓给弄丢了吧?"

"不会不会。"海因里希·布兰登嘴上虽然这么说,心里却不禁生出一丝犹疑。

旅行、渡轮、提姆——电话两头的人一时都不知道原本要说的是什么事了,各自在心里思量这螺栓到底上哪儿去了。海因里希·布兰登暗暗地想:要是螺栓跑到灯塔去了怎么办?

但鲍尔·克吕格对此毫不知情。

通话结束后,鲍尔·克吕格仍坐在椅子上琢磨到底是谁拿了螺栓。村里的其他什么人?县政府办公室的什么人?海因里希·布兰登干吗非得把螺栓交给一个小男孩!

鲍尔·克吕格开始生海因里希·布兰登的气,而卡利的摩托车还在外面隆隆作响。这下他可真受够了,脸涨得通红,一跃而起来到窗前。

"臭小子!臭小子!你给我滚远点!"

卡利停下来,把一只手放在耳朵边,做出一副"你说什么,我听不清"的姿势。

鲍尔·克吕格朝他恶狠狠地挥了挥拳头。

卡利现在要干吗?

他掉转车头,踩下油门,朝着屋子的窗口,径直对着他爸爸开了过去。鲍尔·克吕格已经气得上气不接下气了。

"抱歉,"卡利说,"我只是来送个东西而已。"

鲍尔·克吕格一眼看到了螺栓,顿时瞪大了双眼。

"原来在你这儿!你居然还带着它到处闲逛!"

"怎么了?"卡利问,他可没想到自己会挨批,原以为会受表扬呢,"螺栓在我这儿可是你的福气啊!"

"福气?"鲍尔·克吕格说,"闲逛还逛出福气来了?"

"我可没闲逛,我是在抗议。"

"哦？行，这事咱们得谈谈。简直是不知羞耻……"

"不知羞耻？"卡利说，"那又怎样，我无所谓。一天到晚就会下命令！"

两人都凶巴巴地看着对方。卡利犟得很，最终还是鲍尔·克吕格勉强让步。他曾发誓接下来几天都不理卡利了，但是现在，提姆和螺栓在父子间架起了一座桥梁。

鲍尔·克吕格对卡利说："等一下。"

卡利闷闷不乐地抬起头。

"不是叫你为我做什么事，但也算是个请求吧……"

卡利扭过头来。请求？

"那个男孩，"鲍尔·克吕格说，"提姆，就是从修理中心把螺栓送过来的那个孩子，他原本计划去旅行的，但是为了送螺栓——因为他认真负责地完成这件事，他错过了出发时间。"

卡利的眼中充满了疑惑：爸爸想说什么？

"这个提姆，"鲍尔·克吕格接着说，"他得去轮渡站，赶最后一班船，马上就得去。你怎么说？"

卡利什么也没说。他若有所思地看着爸爸，一声不吭。

鲍尔·克吕格说："你能赶上最后一班船，开着你的摩托车，完全没问题。"

"确实没问题。"卡利答道。

"那你就去吧!"鲍尔·克吕格说。

"那可不近啊。"

"想想你要是他的话会怎么样。"

"行了行了。"卡利可没兴趣去想。

鲍尔·克吕格默默地看着他,眼中并没有责怪,只是就这么看着他。卡利感受到爸爸的眼神。他动了动肩膀,好像皮夹克不太合身似的。

"快去吧,你是唯一能帮上忙的了,"鲍尔·克吕格说,"赶紧动身吧!"

"那汽油钱呢?"

鲍尔·克吕格先是愣了一下,然后一言不发地把手伸进裤子口袋。他低头看着卡利,这一次满眼都是失望,因为他没想到卡利会这么小气。犟脾气、轻狂、冒失,没错,卡利就是这么个人,但是小气、一毛不拔,他可真是万万没有想到卡利会这样。

鲍尔·克吕格太失望了,而一直在旁边察言观色的卡利,此时也看出了爸爸失望的神情。他并不觉得这是什么羞耻的事,但他也有他的傲气,讨汽油钱的话突然让他觉得有点尴尬。卡利可不想让人以为他是个小气鬼,更何况这个别人还是他爸爸。

于是他说道:"算了算了,我自己有钱。赶紧把头盔递给我吧。"

灯塔脚下的屋子里,提姆正在等待。

卡利就要来了,卡利已经在路上了。提姆一会儿跑出去,一会儿跑进来,他坐立不安地等待着。

走廊里的木箱上放着他的野营背包。自打今天早上起它就一直搁在那儿,上白下红的配色,被提姆的妈妈塞得圆鼓鼓的。现在提姆不用把里面的东西拿出来了,因为他要去松德维特啦!

怎么样,没想到吧!

傍晚时分，沙丘上闪着金光，大海蓝得发黑。妈妈说现在已经算是晚上了，她并不同意提姆这个时候还要出门。天都这么晚了，提姆又是独自一人，送他的人还偏偏是那个卡利。

但是不管她说什么，都没人听了。

提姆的爸爸在抽烟斗。

屋外的空气轻柔而温和。风小了点,灯塔后面隐隐传来海浪拍岸的声音,好像在玩捉迷藏似的。

卡利·克吕格在哪儿呢?

爸爸说:"他应该马上就到了。"

妈妈说:"他要是不来,我也不会觉得奇怪……"不过她看了提姆一眼后还是打住了话头。她的担忧怎么能和提姆的喜悦相比呢?他跑来跑去,如坐针毡。

一群野天鹅从海岸上飞过。它们重重地拍打着翅膀,振翅声回响在空中——快呀,快呀,快快飞向陌生的远方。

然后爸爸听见了,妈妈听见了,提姆也听见了——他们三人全都听见了摩托车的声音,提姆激动得手舞足蹈。

卡利!卡利终于来啦!

他越过山坡,犹如一道闪电飞驰而来。

火红的头盔,绿色的镶边夹克。

发动机响得如同一群骏马在奔跑。

妈妈脸色变得煞白,爸爸也屏住了呼吸——能把提姆……能把这件事托付给卡利吗?

摩托车来到他们的面前。卡利刹住车,关掉点火开关,发动机发出最后一声隆隆的响声。

提姆的爸爸挤出一丝笑容说:"真够响的啊!"

卡利咧嘴一笑，他和颜悦色、彬彬有礼地和提姆的妈妈握了握手。她仔细地瞧了瞧摩托车。

"你这么开会不会太快了？"

"不用紧张。"

"可是如果提姆坐在你后面的话……"

"我会开慢一点的。我知道。"卡利微笑着答道。

"谢谢你送提姆去轮渡站。你的开销和其他……"提姆的爸爸话还没说完，就被卡利打断了。"嗐，没事没事，"他转头看着提姆，"提姆，上来吧！"

"别开太快！"提姆的妈妈再一次提醒他。

"知道啦！"卡利说，"提姆，抱住我的腰。对，现在紧靠在我的背上。好，出发！"

提姆朝爸爸妈妈笑了笑，他的脸上热乎乎的，洋溢着期待和欢乐。

提姆的背上是他的野营包，红白配色，鼓鼓囊囊。去松德维特的旅行终于开启了！它的起点就是卡利摩托车上柔软的坐垫。

爸爸说："一路顺风！"妈妈说："到了松德维特就给我们写信啊！"然后她吻了一下提姆的脸颊。

现在赶快出发吧！提姆心想。

卡利发动摩托车，加大油门，松开离合器。摩托车猛地

向前冲了出去。沙粒四溅,蓝色的烟雾在空中弥漫开来。

"天哪!"提姆的妈妈一边惊呼一边握紧了双手。

但是卡利这个驾驶拖拉机的高手,不但熟悉路况,对自己的摩托车也了如指掌,谁也不用担心。卡利轻盈流畅地开着摩托车,带着舞动的节奏,提姆觉得自己像在飞一样。每当他从卡利背后探出脑袋时,迎面吹来的风都让他喘不过气来。

摩托车一路疾驶而去。

风从提姆耳边呼啸而过。

旅途在轻快的车轮下缩短,沿途的风景也迅速向后退去。开着白花的三叶草丛,被闪电劈开的大树,穿行在农田上的拖拉机,都从提姆眼前一闪而过。

提姆终于踏上了他的冒险之旅。他的思绪比卡利的摩托车还要快十倍,早已朝那些孩子飞去,朝松德维特飞去……

·7·
更大的打击和最后的希望

  河边的轮渡站附近耸立着几栋砖红色的屋子,木栅栏后面的毛蕊花开着鲜艳的花朵,大树的枝叶间,波光粼粼的水面依稀可见。
  渡轮可承载十二名乘客和一辆汽车。
  不过它的木跳板上空空荡荡的,绿色的发动机罩也被锁着,横置的闸杆上挂着一块牌子,上面写着:禁止入内!
  "难道时间还早吗?"提姆问。
  "还有十五分钟。"卡利答道。

他俩活动了一下腿脚,还朝水里投石子玩。提姆朝河对面望去,阳光下的轮渡村静静地坐落在那里。对岸的堤坡上一片葱绿,看上去离得并不是很远。提姆能看清每一座房子和每一扇窗户。渡轮停靠的栈道旁有孩子在水里游泳,他们的吵闹声隐隐约约地传到了河的这一边。

"要是有望远镜就好了,"提姆说,"等我的那些孩子肯定就在那儿。"

可是卡利并没在听他说话,他正在为别的事发愁呢。

他突然回过头对着轮渡站附近的房屋看了好一会儿,它们在地上映下寂静的阴影。然后他又朝渡轮望了望,那上面还是什么动静都没有。

"你不觉得有点太安静了吗?"

提姆顺着卡利的目光看过去,他现在也觉得确实有点太安静了。路上一个人影都没有,房屋也像在沉睡一般,渡轮上直到现在也没有船夫出现,就连一个乘客也没看见。

"不太对劲。"卡利说着把两根手指塞进嘴里吹了声口哨。

一条狗像被咬了似的吠叫起来。

卡利又吹了一声口哨,那条狗叫得更起劲了,直到累得直喘。

不过终于有了动静。

我要到达的地方

离他们最近的那栋房子里,一扇窗户突然打开了,一个长着圆眼睛的光头男人朝外面看过来。

"怎么了?你们想过河吗?"

"对,如果能行的话。"卡利答道。

"今天不行了。"

"我没听错吧!"卡利说。

"没错,"那个人说,"最后一班船六点开。"

"什么时候改成六点了?"

"今天,刚改的。"

"今天?"

"对,刚改的。"

"不会吧!怎么这样,你们想怎么改就怎么改吗?"

"才没有。"那个圆眼睛男人答道,"喂,戴红头盔的家伙,你别不讲理,我没必要跟你啰唆。"

窗户嘭的一声关上了,窗帘被震得直晃。

卡利喊道:"怎么能这样!我要去报社投诉你们!"

那条狗恢复了精神,又开始不停地叫,越叫越响。

那扇窗户再次打开了。

"随便你去哪个报社投诉,官方的通告上就是这么写的,正式通告!你投诉去吧,随你!"

窗户又关上了,四周只剩下一片寂静。

狗现在也不叫了。

卡利气呼呼地捶了一下手掌心。"这叫人说什么好,今天突然改了时间,你现在怎么过去?"

提姆仿佛没听明白卡利的问题,他仍然无法相信渡轮居然不开了。

"可是卡利,这不可能啊!"

"不可能的事多了。一定是市里的某个混蛋发的通告。

我要到达的地方

这么干可不行，我要去报社投诉他们！等着瞧吧！"

卡利示威似的看着紧闭的窗户。提姆一动不动地站在原地。报社对他来说没什么作用，起码此时此刻一点用也没有。他把野营背包从肩上拿了下来，不为别的，只为找点事做。

"我们要是再去问问那个人呢？"

"问他？"卡利说，"没用的。"他看着提姆和他的野营背包，"你现在打算怎么办？"

"不知道。"提姆答道。

对岸的孩子们还在游泳。他们光着身子像鱼一样在水里敏捷地蹿来跳去。那么近，近在咫尺，然而对提姆来说却又遥不可及。没有渡轮他过不去。

卡利朝他的摩托车走过去，他正了正头盔说道："在这儿傻站着也没用。上来吧，提姆。"

"去哪儿？"提姆问。

"回家。"

提姆眼看着最后一线希望又离他远去。目的地就在眼前，可一切功夫全都白费了。与在空荡荡的营地上感受到的失望相比，现在的这种痛苦对他的打击更大。因为这里就是最后的结局了。如果提姆跟卡利回去，他就再也见不到那些孩子了，永远永远都见不到了。他能怎么办，怎么办！

"走吧,"卡利说,"算你倒霉。我也被气坏了。真的!"

但是提姆没有跨上卡利的车。他待在原地,一个想法迅速出现在他的脑海中。

"卡利,也许什么地方能找到一条小船!"

"小船?"

"那你就可以送我过去了呀!"

提姆的目光死死地盯在卡利身上,看得卡利目瞪口呆。让我划船送他过河去?我和这小子的关系还没好到这个份上吧,卡利心想。

"那可不行,"卡利答道,"不行不行。你这个要求太过分了。"

他骑上摩托车,但是没有马上启动,而是猛地转过头来,好像突然有了一个好主意。"上来吧,我想出个办法。我有个哥们儿凯登就在这附近。"

他们沿着河畔朝着夕阳一路开去,很快提姆就远远地看见了一个黑色的庞然大物。这里的河岸比较平缓,上面长满了芦苇和棒芒草。那个庞然大物比草丛高出不少,矗立在河畔边的水中,显得又笨又重,如同史前时代的巨蜥。火红的夕阳正位于它的头顶。

等他们驶近,发现庞然大物的身体逐渐变成了灰色,上面布满了锈迹斑斑的疙瘩。提姆清楚地看见了倾斜的锚链和

迷宫一般的指挥台,上面还有横七竖八的一大堆麻布。庞然大物的前部写着它的名字:云鸟。这只"云鸟"正是卡利的目的地。

他把摩托车开到水边,猛地停下,关掉了发动机,他们随即被童话般的寂静包围了。水上挖掘机"云鸟"没在运作,它的锚链静止不动,某个地方传来轻轻的口琴声。

"那就是凯登,"卡利说,"你听见了吗?他什么都不喜欢,就喜欢吹口琴。"

口琴声消失了,"云鸟"上出现了一个身穿黑背心的人,他的肩膀棱角分明,两臂瘦削。

"嘿，凯登！"卡利喊道，"到这边来！"

"哟，卡利，是你吗？"

凯登不见了，他们能听见他在一条船上捣鼓什么。不一会儿，那条船就从挖掘机后面驶了出来。凯登把小船朝岸边划过来，他看上去很高兴见到来访的客人。

"嘿，卡利，难得见上你一面啊！"

小船嚓的一下停在巴掌点大的沙滩上。

"近来可好？"卡利问，"你们现在不干活吗？"

"换班，"凯登答道，"新的班组明天早上到。"

"你负责站岗啊？"

"对,"凯登说,"我是站岗的。"

"还是老样子,"卡利说,"你向来就是个大懒虫。"

凯登大笑起来。他嘴里少了两颗门牙,而且因为他特别瘦,所以他这么一笑就跟个善良的巫婆似的。

卡利摆弄着他的头盔。提姆等着看接下来会发生什么。他打量着那条船,但他不好意思马上就把他的请求提出来。或许卡利会先开口,不然他干吗骑到这儿来。

凯登说:"你这台摩托车真够帅气的。新的?"

"算是吧。"卡利答道,"哎,我问你,其他人是乘摩托艇走的吗?"

凯登点了点头。卡利懊恼地说:"这下完了。摩托艇是最后的希望。他,灯塔的提姆,要过河去!"

凯登开口说道:"错过了渡轮?这种事经常发生。"

"什么呀!我们不知道渡轮的时间改了。"

"哦,这种事也经常发生。"

凯登看着提姆笑了笑。他的眼睛是绿色的,睡意蒙眬地眨了眨。

"他一定要过河去吗?"

"不然我来这儿干吗!"卡利答道。

站在旁边一言不发的提姆,一直在等合适的机会。他赶紧插话说:"我急着要过河去,那边有人在等我,是一个徒

108

步旅行的队伍,十八个人,所有人都在那边等我呢!"

凯登挠了挠头,然后对卡利说:"要是他这么急,一定得过河去的话,那你就送他过去呗。"

"我?"

"对啊,"凯登说,"喏,用我的船。"

"划船过去?"

"有什么不行的呢?"凯登说,"天气不错,水面平静,而且也没多远。"

卡利舔了舔嘴唇。看吧,帮忙帮出什么篓子来了!

凯登笑了笑说:"这条路我们常走。"

"我有个更好的主意,"卡利说,"你送他过去。"

"这可不行,"凯登答道,"我得站岗。"

"挖掘机那么大的块头,又结实得很,不需要人看管。"

"不管怎么样,"凯登坚持说,"我就是负责站岗的。"

卡利嘲讽地说:"老天!站什么岗啊,难道你怕有人偷走这台挖掘机?"

凯登严肃认真地说:"随你怎么说,我就是负责站岗的。"

"哼,你其实就是懒!"卡利说。

"你不也是,难道你不懒?"

凯登冷笑了一声,卡利也冷笑了一声。他们似乎在闹着玩,但是提姆开始担心他们接下来会说什么。要是卡利和凯登吵起来怎么办?那样的话就什么都完了。凯登不把船借给他们,提姆的旅行就成泡影了。

"卡利,"提姆说,"卡利!"他灰色的大眼睛毫不退让地盯着卡利,他在请求,在恳求,在苦苦哀求,"你就送我过去吧,卡利……"

卡利深吸了一口气。他找不到现在还说得出口的托词了,于是解开头盔说道:"好吧好吧!我怎么就摊上了你这个家伙!走吧走吧!"

一直到了河中央,卡利才又和提姆说话了。他放下长桨,估摸了一下还要划多远。

"凯登这个大懒虫,还说什么不远。"

"我可以跟你换着划,卡利。"

"得了吧,"卡利说,"我就想知道,我怎么就听信了你那些傻话。我真的想知道,真是邪门了。"

小船继续前进,将寂静的水面划开,水波匆匆地荡漾开来。岸边的鸭子嘎嘎地叫着,有的在嬉戏,有的在潜水。一切都笼罩在夕阳的余晖之下,宁静而悠远。

"不等我到家,"卡利说,"天就黑了。应该说光是划到对岸,天就该黑了,你还能在轮渡村干什么呢?咱们还是掉头回去吧。"

"可是我们马上就到了呀。"

"你可真够犟的。"卡利答道。

他接着划,一遍遍将船桨伸入水中,水声潺潺,小船在河面上留下踪迹。

卡利坐在船中央,提姆坐在船尾掌舵。他们注视着前方,并未看彼此。

"我现在想知道的是,"卡利说,"你到底是怎么错过和你的朋友约定的时间的?"

提姆想了想说:"一开始是因为海因里希·布兰登的眼镜。他把它忘在灯塔了,我给他送过去了。"

"然后呢?"卡利用劲划着船桨。

"他把螺栓交给我了。"

"哦,螺栓。然后呢?"

"然后碰上个要去送茶的老太太,我帮她把茶送到农田

去了。"

"后来呢?"卡利问,"后来又出什么事了?"

"后来我摔了一跤。"提姆答道。

这下卡利不搭话了。他一边划一边默默地在心里琢磨提姆的事。他不明白提姆是怎么想的。最后卡利说:"你可真是个傻瓜。结果呢?对你有什么好处吗?"

木桨发出嘎吱的声响,船头水花四溅。

"你看看,"卡利说,"你什么好处都没得到,要紧的事

全都错过了,腿也快跑断了。到头来呢?有人帮你吗?"

这一次反倒是提姆不明白卡利在说什么了。他诧异地笑着说:"你不就在帮我嘛,卡利……"

"我不算。"

"那还有海因里希·布兰登,"提姆说,"还有你爸爸,还有特奥·布罗姆……"

小船在船桨的划动下继续向前驶去,在黄昏中看上去灰蒙蒙的对岸越来越近了。卡利看着提姆,默默不语地接着划桨,他无话反驳。

·8·

我要到达的地方

　　提姆终于站在了平缓的堤坡上，孑然一身，形单影孤，卡利朝他挥了挥手。

　　"我说，就你这个样子，现在还要一个人走到轮渡村去，这个责任我可担当不起。你觉得那儿还会有人在等你吗？来吧，还是回到船上来吧。"

　　但是提姆没有回到船上去。

　　提姆背着红白配色的野营包走啊走，如同一匹追踪猎物的小狼，坚定不移地奔走。他一点儿都不觉得疲倦。

　　他也不觉得孤单。因为他身后灰白的水面上荡漾着卡利和小船的影子。而他的前方，透过草坪上白蒙蒙的雾气，零

8 我要到达的地方

星的灯光依稀可见。

提姆朝灯光走去,既满怀希望又忐忑不安。他难以按捺心中的喜悦,每一盏灯光似乎都是那些孩子对他的问候。

孤独的感觉是他后来才体会到的。

夜幕已经笼罩了河面,轮渡村的码头上亮着路灯。

提姆没有找到那些孩子。

当他到达码头时,那儿并没有那些大孩子的踪影。他四处寻找他们,打听他们的去向。他跑进第一条街、第二条街、第三条街,甚至还去了警察局。

现在提姆又回到了原地,一无所获。他默默无语,孤零零地站在路灯下的码头上。

轮渡村是个度假村。整洁的房屋,成排的树木,石块铺成的路面,前方的街道上有游客正在散步。

一辆汽车开到码头。几个人下车来,呼吸了几口温暖的空气,又上车离去。汽油味弥漫在空中。

没有人注意到提姆的存在。

没有人打听提姆的下落。

他孤零零地站在那儿,心想一切都白费了。

要是卡利得知他现在的处境的话……幸好卡利看不见他现在这个样子……

还有妈妈。妈妈……

一想到这儿,提姆心中不禁涌起一缕想家的思绪。但是他马上想起了随身携带的干粮,于是拿出夹了香肠的面包,吃了起来。先吃饱肚子再说。妈妈放了提姆最喜欢吃的香肠,香肠面包把孤寂一扫而光,世界转眼就变了样,不再那么黯淡凄凉。

可是那些孩子……他们会怎么想?

赫尔曼……他现在又在哪儿呢?

他们等了他很久吗?

提姆突然被什么声音吓了一跳。他继续嚼了一口面包,然后停住嘴竖起耳朵仔细地听。

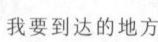

我要到达的地方

    黑暗中传来了脚步声，离他越来越近，步伐有力而迅速，明显不是孩子的脚步。尽管如此，提姆的心还是怦怦直跳，像打鼓似的，毕竟阿迪也已经不是孩子了。

    会是阿迪吗？

    然而那脚步声并不是阿迪的，提姆接着嚼面包，他慢慢地咀嚼着，心中满是失望。

    路灯的光晕下出现了一名水兵，白色的帽顶在他的脸上撒下阴影，黑色的皮鞋闪闪发亮。

    水兵靠在木栏杆上。他先是轻轻地吹着口哨，然后又哼了一会儿小曲，最后抽起烟来。他的眼睛时刻注视着街道上的情况。

    水兵和提姆一样在等待。

    两人互相打量了一下，等待让他们成为无声的同伴。水兵突然开口问道："嘿，小水手，味道怎么样？"

    "还行。"提姆答道。

    "谁把你忘在这儿了？"

    他的声音平静而深沉，提姆很开心终于能有人跟他说说话。

    "本该有人来这儿接我的，可是渡轮……您有没有碰巧看见几个孩子？一个徒步旅行的队伍，举着蓝色的小旗子。"

    水兵摇了摇头。他没见到过那些孩子。

提姆接着说:"我来得太晚了。他们在这等我来着,但是我来得太晚了。"

"迟到,"水兵说,"总是会带来麻烦。"

"我的情况更糟,"提姆说,"我可能永远也见不到他们了。永远!"

"永远?你们不是一起的吗?不会这么糟糕吧?"

水兵一边说一边笑了起来,因为他根本不知道提姆要找的是怎样的一个队伍,提姆又跟这个队伍有什么关系。

等他了解了情况之后说:"你可真够倒霉的。"

"是啊,我真倒霉。"提姆说。

"你也不知道这群人现在会在哪儿?"

"不知道。"提姆答道。

"那过夜的地方你总有吧?"

"暂时还没有。"提姆说。

"真的吗?"

"真的没有。"

水兵走到提姆跟前。他和阿迪差不多高,只是更纤瘦更修长,提姆觉得他就像根麻秆。他皮肤紧致,呈深棕色,脸上长着一张阔嘴巴。

"你这个小家伙真可爱。"水兵说。

这时,夜幕中传来轻快而短促的脚步声,水兵似乎立刻

忘却了提姆的存在，朝脚步传来的地方跑去。提姆望着水兵的背影，心情又变得沉重起来。他想呼喊，想拦住水兵。这人怎么什么都不说，就突然跑了？

最后一盏路灯的光晕边缘出现了一个女孩子，也可能是个年轻的姑娘，提姆离得太远看不清楚。水兵在她跟前停下脚步，她用一只胳膊搂住水兵的胳膊，然后两人亲密地交谈起来。提姆远远地盯着他们看。水兵突然转过身来，提姆立刻把脑袋扭到一边去，他可不想被当作偷窥的抓个正着。但是他从眼角瞥见水兵和那个年轻姑娘正朝他走过来。

那是个年轻姑娘而非小女孩，这一点提姆现在十分确信。她仔细端详着提姆，好奇得很，好像他是个外星人似的。她身穿一条蓬蓬裙，雪白的鞋子后跟像铅笔一样细。她管水兵叫埃德加，水兵叫她娜娜。

"娜娜，"水兵说，"咱们得先把这个小家伙送走。"

"我叫提姆。"提姆说。

"哦，好，提姆，跟我们走吧，或者你还想继续站在这里？"

提姆不想一个人待在这儿。他跟着娜娜与埃德加走到马路上，他现在有种找到亲友的感觉，不再孤单，也不再忧伤。

海军基地的门口站着个沉默的警卫。

基地的楼房又高又大，墙壁平整而光滑，底楼的窗户全都亮着。一扇栅栏门挡住了他们的去路，门后守着一条黑色的狼狗，平静的眼睛熠熠放光。

"别怕。"水兵埃德加说。但是提姆还是踮起脚尖小心翼

翼地从它身边走过。娜娜留在了外面的警卫那儿。

提姆和埃德加走进值班室,里面没有放任何武器。桌前形单影孤地坐着一名正在看书的水兵。落地灯下可以看到他脑袋上笔直的发缝。

"嘿,亨利!"埃德加说,"我给你带来个小客人。他在找他的队伍,或许你能帮帮他。他叫提姆。"

水兵亨利注视着提姆,微微笑了笑,提姆也朝他笑了笑。

"那就这样吧,"埃德加说,"好好休息,提姆,你今天就睡在我们这儿了。"他友善地拍了拍提姆的肩膀。埃德加离开的时候,提姆忽然觉得有点孤单,因为他还不认得亨利,而埃德加已经算是个熟人了。

提姆手里抓着野营背包,打量了一下他所在的房间。里头其实没什么东西,只有三幅画、三把椅子、一台收音机、一部电话。提姆心想,这房间真够简陋的。他没想到值班室就是这个模样,跟候诊室似的,空洞洞的,什么都没有。

"坐吧。"亨利说。

他先拿出一个本子,然后又拿起一支铅笔。他的手指细嫩,根本不像水兵的手,脸色有些苍白,举手投足给人一种做事很认真的印象。他肩上蓝色的海军领干净而整洁。

"这么说你在找你的队伍。几个人?"

"十八个。"提姆答道。

"都是男孩?"

"也有女孩。"

"年龄多大?"

提姆想了想说:"比我大一点。"

亨利快速地扫了他一眼。

"领队叫什么?"

"阿迪,"提姆说,"一米八。"

"全名叫什么?"

"我只知道他叫阿迪。"提姆说。

亨利又看了看他,目光在他身上停留了很久。

"这群人从哪儿来的?"

"我不知道。"提姆答道。

亨利停住笔不写了。

"你不知道？你不是和他们一起的吗？"

"不不，"提姆说，"我只是跟他们一起走，碰巧而已。"

"这是什么意思？"

"我从那边来，"提姆说，"灯塔那儿。"

"哦？"亨利一边说一边翻看他的记录。

"你是从灯塔那儿来的？那好吧。"

他站起身来。

"我现在就把这些信息发出去，马上就回来。你饿吗？"

我要到达的地方

"就是有点口渴而已。"提姆说。

"好,那我给你带点喝的过来。"

房间里只剩下提姆一个人,他伸了伸腿。今天他做了好多事情,现在第一次能够停下来歇一歇。一切让他紧张兴奋的事都悄悄地离他而去,一种奇妙的舒适感让他觉得浑身疲软乏力。

椅子很软,对提姆来说,在上面睡一觉正合适。

但是提姆还要等亨利。他还想着那些孩子,想象着自己如何通过水兵的帮助找到他们。但是疲倦淡化了他的喜悦,任何声音都不那么响了,他的小心脏也轻轻地跳动着。

松德维特,松德维特……

不知不觉中,提姆在椅子上睡着了。

清晨,河面上拂过凉爽的微风。

水面上泛着涟漪,阳光下波光粼粼。窗前的小海港里,汽艇上的小旗子迎风飘扬。

提姆醒了,发现自己躺在一张双层水兵床上。

昨天晚上后来发生了什么?

水兵亨利把他从椅子上唤醒,给他喝了点茶,然后指给他看睡觉的床铺,也就是这张双层床。

提姆爬到上铺,蜷缩在蓝白格纹床单上,像冬眠的狗熊一样沉沉地睡了一大觉。

现在几点了?

房间里没有别人,其他床铺都是空的,所有的被子都叠得整整齐齐的。

怎么没人叫醒他?

提姆是自己醒过来的,他把被子蹬开,爬下床来。今天对提姆来说意义重大:能不能去松德维特就看今天了。他焦躁不安地走出了屋子。

他找到盥洗室,按照自己在家的习惯,用冰凉的水冲了冲脖子和肩膀,接着把身子擦干。勇气、耐力、喜悦和期望又重新回到他的身上。提姆整个人就跟重生了一样。

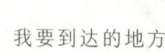 我要到达的地方

他在值班室里找到亨利,亨利又叫来了埃德加。互相问候之后,他们给他端来早餐——面包、黄油、香肠和香甜的热牛奶咖啡,然后两人就耐心地看着提姆吃早饭。

到目前为止,一切情况良好。

提姆坐在桌前,亨利和埃德加坐在他旁边。他们穿着海军服。亨利的发缝依然笔直,埃德加的皮肤清爽紧致。

现在一切也都还顺利。

可是提姆想知道,这一夜都发生了什么。

有那些孩子的消息了吗?

埃德加和亨利一言不发。

提姆偷偷地瞄他俩。他们俩怎么了？出什么事了？他们为什么不说话？

埃德加突然开口说："我们跟你爸爸谈过了，提姆。"

提姆被呛了一下，咳了几声。

"昨天晚上，很晚的时候，我们给他打了电话。你爸爸跟我们说，叫你回家去，提姆。"

"回家？为什么？你们没找到那些孩子吗？"

"找到了，"埃德加说，"他们在普林哈根附近。"

普林哈根，提姆在心里琢磨，普林哈根，它在哪儿呢？普林哈根？

亨利似乎猜到了他在想什么，朝前探了探身子说："离这儿十五公里，十五公里！"

埃德加接着说："你的伙伴们走得够快的，你不觉得吗？他们不是要带上你吗？这是不是走得太快了点。"

提姆低头盯着桌面。他几乎屏住了呼吸。十五公里！从这儿到普林哈根有十五公里，那些孩子在那儿！这么说，他们……他们根本没有等他？他们立刻自顾自地继续赶路了。这可能吗？

"多久了，"提姆问，"他们在那儿多久了？"

"昨天晚上到那儿的，将近八点钟。"

他那时还和卡利在河上……

提姆的脑袋里开始天旋地转。那些孩子昨天晚上快八点的时候就到那儿了,而那时他和卡利还在河上。也就是说,他们没有等他,根本没有,完全没有,一秒钟也没等。他们就那么走了,一从渡轮上下来就立刻接着赶路了,根本没有想到过提姆。

他们怎么会这样？这么不守信用？

提姆默默无语地看着埃德加和亨利。他们很同情他，但也有点忍不住想笑。两人的脸上写着：谁叫你轻易相信别人来着，提姆。

埃德加说："回家吧，到明天你就会把这事给忘了一半了。"

才不会呢，提姆心想，才不会！我永远也不会把这事给忘了！

他用双手捧起咖啡杯，一口一口把咖啡喝光。他把整张脸埋进杯子里，只有眼睛还露在外面，他真想就这么一直喝下去……

走去轮渡站的路上，提姆目不斜视。

他一言不发地快步走着，什么都不想理睬，根本听不见清晨的鸟鸣声，红白配色的野营背包在他的左肩上晃来荡去。

码头上有几个度假的游客在喂海鸥，几个孩子光着身子从木桩上跳入水中，渔夫把渔网摊开准备往上涂焦油。这是个天朗气清、鸟语花香的日子。

可是提姆感受不到。

他站在栏杆边，离他昨天晚上站的地方远远的，等着渡

轮的到来。

喜悦和期望早已消失得无影无踪。

最后一线希望破灭了。

只要不回家就行,提姆心想。

对岸的渡轮已经启动,船体宽大而低矮。它缓慢地离开

岸边，提姆凶巴巴地注视着它的一举一动。一股逐渐上升的怒气代替了苦涩。都怪渡轮！它昨天要是没停的话，谁知道结果会怎样呢。破渡轮，全都怪它！

提姆再次环顾了一下四周，就像要跟谁永别似的。他看着看着，却突然愣住了。

赫尔曼就站在他身后!

赫尔曼!

他乌黑的头发垂在额前,正笑眯眯地站在那儿,愉快而平静,没有发出一点声响,就跟昨天早上他站在高高的沙丘之间的石楠荒原上时一模一样。

赫尔曼猛地向前一跃,跳到提姆近前,用双手锤了一下他的肩头。

"赫尔曼!"提姆喊道,"你这是从哪儿来啊?你到底是从哪儿冒出来的?"

他们兴奋地看着对方喊叫起来,吓得度假的游客缩起了头。

"赫尔曼,"提姆说,"你这个家伙,我差点就要走了。你到底是从哪儿过来的啊?"

"从水兵那儿,"赫尔曼说,"现在赶紧跟我跑,送蔬菜的汽车等着呢!"

"从水兵那儿过来的?谁告诉你我在那儿的?"

"你爸爸。我给他打了电话,他说我要是找得到你,你就可以跟我们走。昨天只是不走运而已。"

"可是,"提姆喊道,"你们不是八点钟就到了普林哈根吗?怎么这么快?"

"全靠送蔬菜的汽车,它带上我们走的。快点,快跑,

不然我们就得步行了,十五公里呢!"

可是提姆还没说完。

"那船呢?"

"什么船?"

"去松德维特的船!"

"明天早上,我们乘下一班船。"

现在,高个子的赫尔曼和矮个子的小提姆,终于撒开腿跑了起来。

那个红白配色的野营背包,鼓鼓囊囊的,像一个大圆球,在两人之间快活地晃来跳去。